grafit

Chemnitzer Str. 31, D-44139 Dortmund
E-Mail: info@grafit.de
Internet: http://www.grafit.de

Umschlagzeichnung: Peter Bucker
Druck und Bindearbeiten: GGP Media, Pößneck
ISBN 3-89425-237-5
4. 5. / 2005 2004

Jürgen Kehrer

Wilsberg und die Schloss-Vandalen

Kriminalroman

grafit

Der Autor

Jürgen Kehrer wurde 1956 geboren. Er lebt und arbeitet als freiberuflicher Schriftsteller in Münster.

Dort lässt er auch seine Figur, den Privatschnüffler Georg Wilsberg, ermitteln. Derzeit handeln elf Kehrer-Krimis von dem Detektiv: *Und die Toten läßt man ruhen* (1990; vom ZDF verfilmt), *In alter Freundschaft* (1991; ebenfalls vom ZDF verfilmt), *Gottesgemüse* (1992), *Kein Fall für Wilsberg* (1993), *Wilsberg und die Wiedertäufer* (1994), *Schuß und Gegenschuß* (1995), *Bären und Bullen* (1996), *Das Kappenstein-Projekt* (1997), *Das Schapdetten-Virus* (1997), *Irgendwo da draußen* (1998) und *Der Minister und das Mädchen* (1998).

Außerdem schrieb Jürgen Kehrer die Kriminalromane *Killer nach Leipzig* (1993), *Spinozas Rache* (1995) und *Vorbildliche Morde* (1999; alle Bücher bei Grafit) sowie Sachbücher über realen Mord und Totschlag in Münster vom 16. bis zum 20. Jahrhundert *(Mord in Münster; Schande von Münster)* und die historischen Kriminalromane *Tod im Friedenssaal, Das Geheimnis der Tulpenzwiebel* und *Mord im Dom* (die letzten fünf Titel: Waxmann Verlag, Münster).

... ein grün umhegtes Haus, brütend wie ein Wasserdrach ...

Annette von Droste-Hülshoff

Dies ist ein Roman. Ähnlichkeiten mit real existierenden Wasserschlössern sind rein zufällig und nicht beabsichtigt.

I

Koslowski lag blutleer auf dem Seziertisch in der Pathologie. Ich konnte das Loch sehen, das die Kugel in seine Stirn gebohrt hatte. Unfähig, mich zu bewegen, stand ich am Fußende des Tisches. Dabei wusste ich genau, was jetzt kam, Koslowski hatte mich schon in etlichen Träumen damit gequält: Mein ehemaliger Partner richtete sich langsam auf und guckte mich vorwurfsvoll an.

An dieser Stelle pflegte ich gewöhnlich aufzuwachen, schweißgebadet und voller Panik. Koslowski war vor zwei Jahren ermordet worden, doch sein Mörder lief immer noch frei herum. Derjenige, den die Polizei damals der Tat verdächtigte, musste nach zwei Wochen aus der Untersuchungshaft entlassen werden, die Beweise hatten für eine Anklageerhebung nicht ausgereicht.

Ich nahm an, dass die Träume, die mich seit einiger Zeit überfielen, meinen eigenen Schuldgefühlen zuzuschreiben waren. Die Polizei hatte den Mord auf die lange Bank der ungeklärten Fälle geschoben. Wer, wenn nicht ich, hatte die verdammte Pflicht, sich um die Sache zu kümmern? Aber ich hatte keine Ahnung, wie und wo ich anfangen sollte.

Als ich diesmal aufwachte, war es schlimmer als sonst. Meine linke Brusthälfte durchzuckte ein stechender Schmerz, der linke Arm war fast taub.

Der Anfang eines Herzinfarkts, dachte ich, du bist reif!

Quatsch!, widersprach mein Verstand. Du bist ein Hypochonder, Wilsberg. Stell dich nicht so an!

Mein Verstand hatte schon mal überzeugender geklungen.

Ich tastete mit der Hand nach dem Herzschlag. Er

dröhnte so unrhythmisch wie eine münsterländische Schützenkapelle.

Mit zitternden Beinen stampfte ich zum Fenster. Eine lasche Herbstsonne lugte in den Garten. Ich riss das Fenster auf und sog die kühle Luft ein. Die Schmerzen ließen nach. Ich wischte mir den kalten Schweiß von der Stirn und konzentrierte mich darauf, tief ein- und auszuatmen. Allmählich fühlte ich mich besser.

Das war also noch nicht das Ende.

»Ihr Herz ist in Ordnung«, sagte Doktor Sommer. »Das EKG zeigt, dass keine Schädigung vorliegt. Wir könnten natürlich eine 24-Stunden-Messung machen, aber ich glaube nicht, dass das notwendig ist.« Er sandte mir ein beruhigendes, ärztliches Lächeln über den großen Schreibtisch. »Das, was Sie beschreiben, deutet auf ein Stresssymptom hin. So etwas kommt vor. Sie sollten es ein paar Tage ruhiger angehen lassen, möglichst wenig Kaffee trinken und auch übermäßigen Alkoholgenuss vermeiden.«

Ich erzählte ihm nichts von Koslowski und auch nicht, dass ich seit einigen Jahren trocken war.

»Wann haben Sie das letzte Mal Urlaub gemacht?«

Ich dachte nach.

»Sehen Sie! Sie sollten mal ausspannen, zwei Wochen am Meer oder in den Bergen verbringen. Reizklima ist gut für die Entspannung.«

Er kam um den Schreibtisch herum und streckte mir seine breite Hand entgegen.

Ich stand ebenfalls auf. »Danke. Ich werde darüber nachdenken.«

Ich hätte ihm sagen können, dass mir mein Kontostand jegliches Reizklima verbot. Aber irgendwie hatte ich das Gefühl, dass er das nicht hören wollte.

Und dann stand ich auf dem nostalgisch gepflasterten Platz in der Telgter Innenstadt – soweit man bei Telgte von einer Innenstadt sprechen konnte – und blinzelte in die kräftiger gewordene Sonne. Ich überlegte, wie ich die nächsten Stunden stressfrei verbringen sollte. Ein Besuch in einem Telgter Café fiel aus, zumindest bis zum Mittag wollte ich auf meinen geliebten Cappuccino verzichten.

Also konnte ich genauso gut nach Hause fahren, ins Büro gehen und *nicht* die Kontoauszüge betrachten und mir *keine* Gedanken darüber machen, dass bald ein Klient auftauchen musste, damit endlich wieder Geld in die Kasse des Detektivbüros *Wilsberg & Partner* kam.

Ein guter Anfang, wie ich fand.

Die Detektei nahm die vordere Hälfte meiner im münsterschen Kreuzviertel gelegenen Wohnung ein. *Wilsberg & Partner* hieß sie übrigens, weil ich sie zusammen mit Koslowski gegründet hatte. Nach Koslowskis Tod hatte ich den Namen einfach beibehalten, obwohl ich von da an alleine arbeitete. Abgesehen von einer studentischen Aushilfskraft, die ich gelegentlich für einfache Routineaufgaben einsetzte.

Die studentische Aushilfskraft saß an meinem Schreibtisch, als ich das Büro betrat.

»Hallo Franka!«, sagte ich.

Franka schaute mich böse an. »Glaubst du, ich bin deine Sekretärin, oder was?«

»Nie würde ich so etwas annehmen.«

»Wieso schreibst du dann nicht auf, wo du bist und wann du zurückkommst? Ich hab was Besseres zu tun, als hier rumzuhängen und auf dich zu warten.«

Ich konnte mich nicht erinnern, mit Franka verabredet gewesen zu sein.

»Waren wir auch nicht«, antwortete sie auf meine entsprechende Frage. »Ich muss mit dir reden.«

»Warum hast du mich nicht angerufen?«

»Und was ist das?« Sie hob mein Handy hoch, das auf dem Schreibtisch gelegen hatte.

»Das muss ich wohl vergessen haben.«

»Musst du wohl.«

Ich setzte mich auf den Besucherstuhl. Er war etwas niedriger als der schwarzlederne Chefsessel auf der anderen Seite des Schreibtisches. Außerdem besaß er eine leicht nach unten geneigte Sitzfläche, was dazu führte, dass die auf ihm Sitzenden ständig nach vorne rutschten. Nach den Gesetzen der Kommunikationslehre sollte das dazu führen, dass sich potenzielle Auftraggeber verunsichert fühlten und sich meinen Honorarforderungen gegenüber aufgeschlossener zeigten. Blanke Theorie, wie sich erwiesen hatte.

Tatsache aber war, dass ich im Moment zu Franka aufblicken musste, was mir überhaupt nicht gefiel.

»Ich habe keinen Bock mehr«, sagte sie gerade. »Der Job geht mir fürchterlich auf den Geist. Den ganzen Tag Kartons schleppen und in Dosen abgefüllte Tierleichen in Regale packen. Ich will nicht mehr, verstehst du?«

»Gibt's nicht auch Gemüse?«

»Was?«

»Ich mein ja nur.«

»Gemüse nennst du das? Dieses bis zur Geschmacklosigkeit kastrierte Zeug, das in einer widerwärtigen, mit Chemikalien voll gepumpten Tunke schwimmt? Bah!« Franka kam in Fahrt. »Davon abgesehen, habe ich null, absolut nichts herausgefunden. In meiner Gegenwart hat niemand auch nur einen Lutscher oder eine Packung Erdnüsse geklaut. Und meine lieben Kolleginnen und Kollegen behandeln mich, als hätte ich eine ansteckende Krankheit. Anscheinend haben die noch nie jemanden gesehen, der ein bisschen Farbe in den Haaren hat.«

Franka hatte eine Menge Farbe, rote, blaue und grüne, in den wild nach allen Seiten abstehenden Haaren. Und sie arbeitete an dem einzigen Fall, der die Detektei zurzeit beschäftigte. Eine Supermarkt-Kette hatte uns engagiert, weil in einer münsterschen Filiale ein überdurchschnittlicher Prozentsatz an Waren verschwand.

Entweder, folgerte der Personalchef, klaute das Personal selbst oder ein Teil der Beschäftigten gestattete externen Komplizen Fischzüge durch den Laden. Unsere Aufgabe bestand darin, den oder die Schuldigen unter dem Personal ausfindig zu machen. Der Supermarkt-Kette kam es dabei weniger auf den materiellen Schaden an, vielmehr wollte sie ein Exempel statuieren. Eine fristlose Kündigung sprach sich im gesamten Konzern herum und disziplinierte auch diejenigen, die selbst mit dem Gedanken spielten, das Eigentumsrecht nicht so eng auszulegen. So war Franka zu ihrem Job als Regalauffüllerin gekommen.

»Na ja ...«, begann ich.

»Was soll das heißen, Georg?«, unterbrach mich Franka.

»Das soll heißen, dass wir es uns nicht leisten können, einen Auftrag abzulehnen.«

»Wir?«, fragte sie böse. »Warum machst du den Job nicht selbst?«

»Ich bitte dich!«, protestierte ich. »Du bist eingearbeitet, deine Kollegen kennen dich. Noch sind sie vorsichtig, aber es ist nur eine Frage der Zeit, bis sie dich für ungefährlich halten und wieder mit den Klauereien anfangen. Wenn du noch ein, zwei Wochen weitermachst ...«

»Höchstens drei Tage.«

»Eine Woche«, schlug ich vor. »Falls du bis dahin nichts erreicht hast, gehen wir zum Personalchef und erklären ihm die Sache. Nebenbei verdienst du ja nicht schlecht.«

»Wo wir gerade vom Geld reden«, hakte Franka unerbittlich nach. »Meinen Lohn vom Supermarkt kriege ich erst Ende des Monats. Was ist mit der Prämie, die du mir versprochen hast?«

»Nun ...«

»Sag nicht, dass du ein Problem hast!«

»Deine Prämie resultiert quasi aus dem Honorar, das

wir der Supermarkt-Kette in Rechnung stellen. Es ist also dringend notwendig ...«

Franka bedachte mich mit einem vernichtenden Blick. »Warum bin ich nur so gutmütig?«

»Weil du möchtest, dass die Detektei weiterlebt. Weil du eine geborene Detektivin bist. Und weil du, trotz deiner ganzen Meckerei, freundschaftliche Gefühle für mich empfindest.«

Das saß. Sie war gerührt.

»Übrigens, während deiner Abwesenheit hat jemand angerufen.« Sie las den Namen von dem vor ihr liegenden Notizblock ab. »Graf Joseph zu Schwelm-Legden. Joseph mit *ph*, hat er ausdrücklich betont. Die Rechtschreibreform scheint am deutschen Adel vorbeigegangen zu sein.«

»Die idiotische Rechtschreibreform gilt sowieso nicht für Eigennamen«, belehrte ich sie. »Und gewöhnliche Sterbliche schreiben Josef seit Jahrhunderten mit *f*.«

»Wie auch immer, er erwartet deinen Besuch.«

»Graf Joseph zu Schwelm-Legden«, wiederholte ich skeptisch. »Klingt nach einem Hochstapler oder Heiratsschwindler. Hat er gesagt, was er von mir will?«

»Nein. Nur, dass du zu seinem Schloss kommen sollst.«

»Schloss?«, staunte ich.

»Ja. Was ist daran Besonderes? Ich habe in der Schule gelernt, dass es im Münsterland rund achtzig Wasserburgen und -schlösser gibt. Das Münsterland ist sozusagen berühmt für seine Wasserschlösser. Und in vielen von ihnen hausen noch Grafen, Fürsten und Freiherren, die auf eine Ahnenreihe zurückblicken können, die bis zum Hofstaat Karls des Großen reicht.«

Ich erinnerte mich an Sonntagsausflüge mit meiner damaligen Ehefrau Imke und meiner Tochter Sarah, bei denen wir Burg Vischering und Schloss Nordkirchen besichtigt hatten.

Franka sagte: »Wenn du mich fragst, wäre es ziemlich viel Aufwand für einen Hochstapler, ein ganzes Schloss anzumieten, um einen mittellosen Detektiv anzulocken. Und Graf Joseph wäre auch der erste Heiratsschwindler, der es auf eine schwule Ehe abgesehen hat.«

»Ist ja schon gut«, stoppte ich ihre Sticheleien. »Was hat der Graf nun genau gesagt?«

»Er bat mich, ihn mit dem Chef der Detektei zu verbinden. Ich sagte, mein Chef sei gerade dienstlich unterwegs.« Sie schnitt eine Grimasse. »Daraufhin dachte er kurz nach und formulierte, ich zitiere, wie folgt: *Sagen Sie Ihrem Chef: Falls er an einem lukrativen Auftrag interessiert sei, möge er doch bitte leichtes Reisegepäck mitbringen. Der Auftrag wird vermutlich mehrere Tage in Anspruch nehmen.* Ach ja, dann erwähnte er noch, dass du in seinem Schloss wohnen kannst.«

»In seinem Schloss?« Der Auftrag begann mich tatsächlich zu interessieren.

»Warum kriegst du eigentlich immer die Sahnejobs und ich die miesen? Können wir nicht tauschen? Du füllst Regale auf und ich fahre zum Schloss.«

»Kommt überhaupt nicht in Frage«, grinste ich. »Der Graf erwartet einen kompetenten, erfahrenen, mit Lebensweisheit ausgestatteten Privatdetektiv.«

»Das ist frauenfeindlich und diskriminierend«, maulte Franka. »Ich hasse dich.«

»Wie heißt eigentlich das Schloss?«, lenkte ich ab.

»Schloss Disselburg bei Disselburg. Jede Wette, dass den Schwelm-Legdens früher nicht nur das Schloss, sondern auch der Ort gehörte.«

»Und wo liegt das?«

»Im Kreis Borken, in der Nähe der holländischen Grenze.«

Kreis Borken, der westlichste und abgelegenste der münsterländischen Landkreise, fast schon Niederrhein. Ich holte eine Landkarte aus der Schublade und wir suchten gemeinsam. Disselburg lag auf einem Landzipfel, der sich in holländisches Territorium hineinschob, ungefähr hundert Kilometer von Münster entfernt.

Eine gemütliche Fahrt durchs Münsterland und ein paar Tage in einem Schloss kamen dem stressfreien Programm, das mir Doktor Sommer empfohlen hatte, vermutlich recht nahe. Und nebenbei verdiente ich auch noch Geld.

»Tja, dann packe ich mal meine Reisetasche.«

Ich ging vom Büro in die Wohnung, warf das, was von der sauberen Unterwäsche noch übrig war, und einen reichlich gefüllten Arzneibeutel in die Tasche und überlegte, was man in Adelskreisen für schick hielt. Andererseits war die Auswahl nicht sehr groß. Die Anzüge aus meiner Zeit als praktizierender Jurist waren nicht nur hoffnungslos veraltet, sondern passten mir auch nicht mehr. Seit jenen, längst vergangenen Jahren hatte mein Bauchumfang leider erheblich zugenommen.

Schließlich entschied ich mich für eine fast neue Jeans und mein bestes Sakko, das ich im vorletzten Winterschlussverkauf erstanden hatte. Falls es zu festlichen Aktivitäten kommen sollte, konnte ich nur hoffen, dass es in Disselburg einen Smoking-Verleih gab.

Nachdem ich mit Franka verabredet hatte, dass wir uns gegenseitig auf dem Laufenden hielten, eilte ich leichtfüßig davon, begleitet von ihren neidischen Blicken.

Die Herzattacke hatte ich schon fast vergessen.

II

Ich nahm die Autobahn bis Dülmen und zockelte dann über eine Landstraße Richtung Westen durch Merfeld und den Merfelder Bruch, in dem sich die angeblich letzten Wildpferde Europas tummeln.

Wildpferde sah ich keine, nur weiße Kühe und jede Menge Maisfelder, die den Blick auf die flache münsterländische Landschaft verstellten.

Bei Sandbeck kam ich auf eine neu gebaute Bundesstraße, die mich um Borken herumführte, und hinter

Bocholt tauchten die Hinweisschilder nach Disselburg auf. Das Schloss lag ein paar Kilometer außerhalb der Stadt. Schon von weitem sah ich die graugrünen Turmspitzen in der Sonne glänzen. Ich stellte den Wagen auf dem Besucherparkplatz ab und schlenderte über einen Kiesweg zur Behausung von Graf Joseph zu Schwelm-Legden.

Disselburg war ein Wasserschloss, ein doppelter Ring von Wassergräben umgab die rotbraunen Schlossmauern. Große, weiß gerahmte Fenster lockerten die Fassaden auf und mit bunten Blumen bewachsene Inseln, auf denen ich Statuen und Putten entdeckte, erstreckten sich zwischen den Kanälen. Das Ganze war umgeben von einer weitläufigen Parklandschaft, in der uralte Bäume ihre mächtigen Kronen erhoben.

Über eine holländisch anmutende Zugbrücke erreichte ich die erste bebaute Insel, die durch einen schmalen Wasserlauf vom eigentlichen Schloss getrennt war. Die drei Flügel des zwei Stockwerke hohen Gebäudes entsprachen dem Baustil des Schlosses, fielen allerdings etwas niedriger und schlichter aus. Was früher vermutlich die Kammern der vielköpfigen Dienerschaft beherbergt hatte, gab sich jetzt als *Schlosshotel Disselburg* zu erkennen.

Eine kleine, mit Steinlöwen verzierte Brücke führte mich zum barocken Schlossportal. Es wurde wahrscheinlich nur geöffnet, wenn Königin Beatrix mal vorbeischaute, gewöhnliche Sterbliche mussten die links davon gelegene, aus dem mittleren zwanzigsten Jahrhundert stammende Weißlacktür benutzen. Über und neben der Tür hingen Schilder mit der Aufschrift *Museum* und einer Preisliste, Graf Joseph hatte also nichts gegen zahlende Besucher.

Dem Mann an der Kasse erklärte ich, dass ich nicht zahlen wollte, weil mich der Graf erwarten würde. Es folgte ein kurzes Telefongespräch, in dem der Graf oder der Hofmarschall seine Einwilligung gab, dann bekam ich einen Grundriss des Schlosses durch den Kassenschlitz geschoben, und ein Kugelschreiber markierte die Stelle, an der ich um Einlass begehren sollte.

Die gräfliche Familie bewohnte den gesamten Nordflügel des Schlosses. Nachdem ich den gepflasterten Innenhof und eine antike Hofküche durchquert hatte, musste ich mich von einer Videokamera begutachten lassen, bevor sich eine Stahltür summend öffnete und ich in einem nüchternen weißen Flur stand.

Auch wenn ich mir bis dahin noch keine Gedanken über das Arbeitszimmer eines Grafen gemacht hatte, so erwartete ich doch ein nach Geschichte riechendes Ensemble aus dunkler Eiche und roten Plüschsesseln. Und war dementsprechend überrascht, als ich in ein helles, mit modernen Designermöbeln ausgestattetes Büro gelangte. Nicht einmal PC und Drucker fehlten auf der Arbeitsplatte, hinter der sich ein etwa fünfzigjähriger Mann aus einem grauen Ledersessel erhob.

»Schön, dass Sie gekommen sind, Herr Wilsberg«, sagte Graf Joseph zu Schwelm-Legden. Er trug eine beige Kordhose und ein Tweedsakko im Schottenstil. Landadel eben.

Ich stellte die Reisetasche ab. »Ihr Angebot klang verlockend, Herr ...«

»Graf oder Schwelm-Legden, wie Sie wollen.« Seine Stimme war dünn und hoch.

Inzwischen stand er vor mir und schüttelte meine Hand. Mit seinen grauen Schläfen, der Nickelbrille und den wulstigen Lippen hätte er in einem deutschen Fernsehfilm die Rolle eines kauzigen, aber nicht unsympathischen Staatsanwalts besetzen können.

»Ich sehe, Sie haben Ihr Gepäck gleich mitgebracht. Sehr gut. Das Hotel auf der Vorburg wird Ihnen gefallen. Es hat vier Sterne und die Restaurantküche ist auch sehr ordentlich.«

»Vielleicht sollten wir vorher ein paar Dinge klären«, schlug ich vor.

»Ach ja, natürlich.« Er lachte kurz und glockenhell wie ein Wiener Sängerknabe. »Sie wissen ja gar nicht, worum es geht. In unserer kleinen Welt verliert man leicht die Maßstäbe. Hier in der Gegend zerreißen sich die Leute das Maul darüber, aber im fernen Münster ...«

Ich wartete auf eine Erklärung, die vorläufig ausblieb.

»Kommen Sie, ich zeige Ihnen das Schloss. Dabei erzähle ich Ihnen alles.«

Ohne meine Antwort abzuwarten, eilte er voraus. Mir blieb nichts anderes übrig, als ihm zu folgen.

Beim Reden unterstrich er seine Worte mit schwungvollen Armbewegungen. »Das Schloss ist seit einigen Jahrhunderten im Besitz unserer Familie, genauer gesagt, seit dem Dreißigjährigen Krieg. Eigentlich stammen die Grafen zu Schwelm aus dem Süddeutschen, der größte Teil meiner Verwandtschaft lebt noch dort. Einer meiner Vorfahren war während des Krieges Obrist in der kaiserlichen Armee ...«

»Sie meinen den Dreißigjährigen Krieg?«, vergewisserte ich mich.

»Selbstverständlich. Er war nördlich von Münster stationiert, um die Angriffe der Schweden abzuwehren. Anscheinend hat er sich recht tapfer geschlagen, denn der Fürstbischof von Münster hat ihm zum Dank das Amt Legden geschenkt. Deshalb Schwelm-Legden, verstehen Sie. Und irgendwie«, der Graf stieß sein überraschendes Lachen aus, »hat er sich dieses kleine Schloss unter den Nagel gerissen, mit nicht ganz sauberen Methoden, wie aus den alten Urkunden zu entnehmen ist. Das heißt, damals war es noch kein Schloss, sondern eine Burg. Zum Schloss ist es erst im achtzehnten Jahrhundert umgebaut worden.«

Wir stiegen eine Treppe hinauf, dann öffnete er eine Tür und wir befanden uns in einem großen, fast unmöblierten Saal, dessen Boden aus langen Holzplanken bestand.

»Der Rittersaal«, sagte der Graf. »Ich benutze ihn

manchmal für Theater- oder Musikdarbietungen. Da oben sehen Sie meine Vorfahren.«

Ich schaute nach oben und sah eine Reihe von Gemälden, auf denen mehr oder weniger gelangweilte Damen und Herren den jeweiligen Schick ihrer Zeit zur Schau trugen.

Der Graf war bereits wieder vorausgeeilt. Ich folgte ihm in den nächsten Raum, der mit seinem Prunkbett und den kunstvoll verzierten Möbeln aus einer anderen Epoche zu stammen schien.

Der Graf deutete auf einen Schreibtisch. »Ein Stück von André Charles Boulle, dem Hoftischler Ludwigs XIV., davon gibt es nicht viele in Europa. Und auch die Gemälde sind etwas wertvoller als die nebenan. Dort hängt ein van Goyen und da drüben ein Breughel.« Er sprach Breughel holländisch aus, mit kehligem *ch*.

Drei Museumsbesucher betraten den Raum und starrten uns neugierig an.

Der Graf ließ sich davon nicht beirren. »Wir befinden uns hier auf dem ältesten Teil der Anlage, der so genannten Motte. Die Wasserburgen sind ja ungefähr zur gleichen Zeit entstanden wie die Bergburgen. Und zunächst hat man versucht, künstliche Hügel, eben Motten, zu errichten. Aber das funktionierte im flachen Münsterland nicht besonders gut, die kleinen Hügelchen waren nicht geeignet, Feinde wirksam abzuwehren. Also hat man angefangen, Wassergräben zu bauen und das Wasser vorbeifließender Bäche zu stauen. Diese Gräften stellten einen hervorragenden Schutz gegen Angreifer dar. Zumindest so lange, bis die Entwicklung der Kriegstechnik weit reichende Kanonen hervorbrachte. Kommen Sie!« Er winkte mich zu einem Erker.

Links konnte man einen Teil der Nachbarinsel mit dem Hotelgebäude erkennen und vor uns schwamm ein englischer Garten im Wasser.

»Neben dem Herrschaftssitz, dem Palas, entstand eine zweite Insel, die Vorburg, auf der das Gesinde und die Besatzungen untergebracht waren. Und dort«, er zeigte auf die geometrische Gartenlandschaft, »wurde Gemüse angebaut. Während einer Belagerung musste man sich unter Umständen längere Zeit selbst versorgen.«

Er nickte versonnen. »Dann kamen die Kanonen, die auch dicke Mauern in Schutt und Asche legen konnten, und es kam noch etwas anderes, nämlich – Versailles.« Er riss die Arme auseinander. »Das große, herrliche, wunderbare Versailles, Ausdruck des Absolutismus, der unumschränkten Macht des Herrschers. Alle deutschen Kleinfürsten schielten nach Versailles, wollten in repräsentativen Schlössern residieren. Wissen Sie, was aus den Bergburgen wurde?«

Ich war überrascht. »Äh ... nein.«

»Sie verkamen zu Ruinen. Am Rhein können Sie die hohlen Stümpfe besichtigen. Als Festungen hatten sie ausgedient und zu Schlössern ließen sie sich nicht umbauen. Abgesehen davon, dass das Leben auf einem zugigen Gipfel nicht besonders angenehm war. Aber unsere kleinen Wasserburgen – die erlebten plötzlich eine Renaissance. Schutzwälle wurden abgerissen, Fenster vergrößert, barocke Giebel und Portale angebaut, und auf die flachen Befestigungsanlagen wurden Haubentürme gesetzt. Voilà!« Er strahlte. »So entstand Schloss Disselburg. Der Sohn des Obristen hat mit den Umbauten angefangen, im 18. Jahrhundert wurden sie vollendet. Ein Johann Conrad Schlaun hat nicht daran mitgebaut, aber immerhin Ambrosius von Oelde, auch ein berühmter münsterländischer Baumeister. Sicher haben Sie die holländischen Einflüsse bemerkt?«

Ich bestätigte, dass mir genau dies aufgefallen sei.

Er schmunzelte. »Die Nähe zu den Niederlanden hat dazu geführt, dass auch holländische Baumeister ihre Kunst einbrachten. Disselburg ist eine Mischung aus niederländischer Leichtigkeit und westfälischer Bodenhaftung. Ein Kleinod, wie es seinesgleichen sucht.«

Ich hatte viel Zeit, sollte auf ärztlichen Rat jeden Stress vermeiden und wollte ihn nicht drängen, doch langsam hätte ich wirklich gerne gewusst, wofür er einen Privatdetektiv brauchte.

»Schauen Sie sich das Maßwerkfenster einmal genau an!«, bat er mich.

Ich schaute und merkte, dass einige Glasscheiben und Verstrebungen neuer aussahen als andere.

»Das ist das Problem«, sagte der Graf. »Die Fenster werden von jenseits der Gräfte mit einer Steinschleuder beschossen. Es gibt spezielle Anglerschleudern, die eine solche Reichweite besitzen.«

Eingeschossene Fenster, das war alles. Ich konnte meine Enttäuschung nicht verbergen.

»Sieht nach einem Kinderstreich aus«, sagte ich matt.

»Das meint die Polizei auch«, nickte der Graf. »Obwohl die Kinder schon etwas älter sein dürften, denn die Anschläge erfolgen meist in den späten Abendstunden.«

Bäume und Büsche wuchsen bis an den Rand der Gräfte und dahinter erstreckte sich der ringförmige Park. Zweifellos ein gutes Versteck.

Graf Joseph runzelte die Stirn. »Sie halten das für Kinkerlitzchen? Darf ich Ihnen eine Zahl nennen: Der Schaden beträgt bereits mehr als zehntausend Mark, nicht mitgerechnet die mögliche Beeinträchtigung der wertvollen Gemälde und Möbel durch Zugluft und Feuchtigkeit.«

»Tatsächlich?«

»Solche Fenster werden nicht fabrikmäßig hergestellt, das ist hochwertige Handwerkerarbeit. Ich brauche keinen Glaser, sondern eine Restaurateur, jede Veränderung des Gesamtbildes wäre tödlich. Natürlich habe ich eine Vandalismus-Versicherung, deshalb entsteht mir persönlich kein Schaden. Aber das ist noch nicht alles.« In sein gerade noch unbekümmertes Gesicht hatten sich tiefe Sorgenfalten gegraben. »Die Fenster sind durch eine Alarmanlage gesichert, auch eine Auflage der Versicherung, da die Gemälde und das übrige Interieur einen Wert von mehreren Millionen Mark darstellen. Wenn nachts die Alarmanlage schrillt, wissen wir nicht, ob wieder ein Stein durchs Fenster geflogen ist oder ob sich tatsächlich ein Dieb im Schloss herumtreibt. Meine Frau leidet bereits unter Schlafstörungen. Das ist der reinste Terror, Herr Wilsberg. Wir möchten, dass das aufhört.«

»Wie lange geht das schon so?«

»Das erste Mal passierte es vor einem Monat. Seitdem vergeht keine Woche, in der nicht ein Stein einschlägt.«

»Sie erwähnten vorhin die Polizei. Was hat die unternommen?«

Er schnaubte. »Die Polizei von Disselburg, Herr Wilsberg, besteht aus fünf Beamten. Ich will mich nicht beklagen, die Polizisten tun ihr Bestes. Sie fahren verstärkt Streife, haben auch schon einige Male den Park durchsucht, allerdings ohne jeden Erfolg. Angesichts des unübersichtlichen Geländes ist das auch nicht verwunderlich. Die Täter haben viele Möglichkeiten, unentdeckt zu entkommen. Und leider ist der Fall nicht wichtig genug, um Bataillone aus Borken oder Münster in Marsch zu setzen.«

»Haben Sie eine Ahnung, was die Täter mit den Anschlägen bezwecken?«

»Ja. Sie wollen Geld.«

Endlich bekam die Geschichte Struktur. »Mit anderen Worten: Sie werden erpresst.«

»So könnte man es nennen.« Sein Gesicht drückte aus, wie bekümmert er über diese menschliche Schlechtigkeit war.

Ich verkniff mir die Frage, warum er das nicht gleich gesagt hatte, und erkundigte mich stattdessen nach den Mitteilungen der Erpresser.

»Ich bekomme Briefe, meistens per Post.«

»Haben Sie die Briefe noch?«

»Die Originale hat die Polizei mitgenommen, aber ich besitze Kopien.«

»Die würde ich gerne sehen.«

»Dann müssen wir zu meinem Büro zurück.« Er geleitete mich zu einer Wand, in der ich beim besten Willen keine Tür erkennen konnte. Erst als wir direkt davor standen, zeichneten sich ihre Umrisse auf der mit Ranken bemalten Ledertapete ab.

»Eine Geheimtür – wie romantisch.«

»Oh, davon gibt es hier viele. Und mit Romantik liegen Sie gar nicht so verkehrt.« Er zwinkerte mir zu. »In den vergangenen Jahrhunderten nahm man es mit der ehelichen Moral nicht so genau. Die Dienerschaft musste ja nicht wissen, wen der Schlossherr in der Nacht besuchte.«

Er öffnete die Tür mit einem Schlüssel und wir befanden uns wieder im privaten Teil des Schlosses.

»Sie sind also interessiert, an dem Auftrag, meine ich?«

Ich deutete ein Nicken an. »Mit Erpressungen hatte ich schon des Öfteren zu tun, da bin ich sozusagen Experte.«

»Ich hatte gehofft, dass Sie das sagen würden. Ohne fachmännischen Rat kommen wir bei der Geschichte nicht weiter. Ich habe auch bereits mit der Versicherung gesprochen. Den Zuständigen dort ist sehr daran gelegen, dass die Zerstörungen aufhören. Sie haben ihr Einverständnis signalisiert, alle anfallenden Kosten für Ihre Tätigkeit zu übernehmen.«

»Klingt sehr vernünftig«, bemerkte ich.

Inzwischen hatten wir sein Büro erreicht. Ich ließ mich auf einem Freischwinger nieder, während der Graf in einer Schublade wühlte. Die Sache gefiel mir von Minute zu Minute besser. Eine nette kleine Erpressung, großzügiges Honorar und angenehme Arbeitsbedingungen – was wollte ich mehr?

»Bitte! Die Erpresserschreiben!«

Die Texte waren kurz und mit ausgeschnittenen Buchstaben zusammengesetzt:

DU MUSST ZAHLEN
KEINE BULLEN
10.000 MARK NÄCHSTEN FREITAG (Es folgten Orts- und Zeitangaben)
WIR LASSEN UNS NICHT VERARSCHEN
WENN DU NICHT ZAHLST GIBTS ÄRGER (Erneut ein Übergabeort)

Zehntausend Mark waren keine übertrieben hohe Forderung. Das sprach für die These, dass es sich bei den Tätern um Jugendliche handelte.

»Hat die Polizei Fingerabdrücke festgestellt?«

»Nein.«

»Warum zahlen Sie nicht?«

»Sind Sie verrückt?« Der Graf schaute mich entrüstet an. »Dann komme ich aus dem Zahlen nicht mehr heraus.«

»Zum Schein, meine ich. Der Schwachpunkt jeder Erpressung ist die Geldübergabe. Irgendwann müssen die Täter am angegebenen Ort erscheinen und das ist die Gelegenheit, sie zu schnappen.«

»So schlau war die örtliche Polizei auch schon.« Ein Hauch von Verachtung schwang in seiner Stimme mit. »Die Erpresser sind nicht aufgetaucht. Sie haben den Braten gerochen, wie es so schön heißt.«

Die Polizei von Disselburg schien nur ein besserer Trachtenverein zu sein. Trotzdem vermerkte ich sie ganz oben auf meiner Liste von notwendigen Besuchen.

»Eine Frage muss ich Ihnen stellen. Sie klingt banal und Sie werden sie sicher aus zahlreichen Fernsehfilmen kennen ...«

»Meine Frau und ich schauen nicht fern«, sagte der Graf schlicht. »Das Programm ist uns zu niveaulos.«

»Äh ... ja. Die Frage lautet: Haben Sie Feinde?«

»Nicht, dass ich wüsste.«

»Können Sie sich vorstellen, dass sich jemand an Ihnen rächen will?«

»Wofür? Die Grafen zu Schwelm-Legden haben in der napoleonischen Zeit ihre landesherrliche Selbstständigkeit verloren. Ich bin ein ganz normaler Bürger, zahle Steuern und engagiere mich für soziale Zwecke und den Naturschutz. Ich glaube nicht, dass sich die Einwohner von Disselburg über mich beklagen können.«

»Na schön. Dann müssen wir nur noch eine unbedeutende Sache klären.«

»Und die wäre?«

»Mein Honorar.«

»Was schlagen Sie vor?«

»Vierhundert Mark pro Tag plus Mehrwertsteuer, außergewöhnliche Ausgaben gehen extra.«

»Einverstanden.«

Ich hatte schon schwierigere Verhandlungen geführt. »Wünschen Sie tägliche Berichte?«

»Kommen Sie zu mir, wann immer Sie etwas wissen wollen oder herausgefunden haben. Ich bin in der nächsten Zeit hier.«

»In Ordnung.« Ich stand auf und nahm meine Reisetasche. »Im Hotel weiß man Bescheid?«

»Ja. Einige Zimmer des Hotels werden ständig freigehalten, falls wir überraschend Besuch bekommen. Die Vorburg samt Hotel gehört zum Schlossbesitz, ich habe das Hotel lediglich verpachtet. Aber der Pächter, der gleichzeitig als Direktor fungiert, ist auch ein guter Freund von mir. Wenden Sie sich an ihn! Er heißt Tonio van Luyden.«

Ich nickte. »Aus persönlicher Neugier würde mich noch interessieren, wie Sie ausgerechnet auf mich gekommen sind.«

»Ach, das war ganz einfach.« Er grinste schelmisch. »Ich habe im Internet nachgeschaut. Und Sie sind der einzige Detektiv in Münster, der über eine eigene Homepage verfügt.«

Es zahlte sich also doch aus, dass Franka etwas vom Internet verstand.

Ich ging über die Brücke zur Vorburg zurück und betrat das Hotel.

An der Rezeption brachte ich den Wunsch vor, mit dem Direktor zu sprechen, und keine drei Minuten später stand ein übergewichtiger Mann vor mir, der seinen Körper in einen grauen Anzug gezwängt hatte und übertrieben nach Rasierwasser roch.

»Tonio van Luyden. Sie sind also der Detektiv?«

Ich gab es zu.

»Schrecklich, diese Anschläge. Ich hoffe, Sie werden das unverschämte Pack, das uns nachts um den Schlaf raubt, bald zur Strecke bringen.«

Seine Augen wanderten unruhig hin und her, so dass ich das Gefühl bekam, hinter meinem Rücken würden sich gerade furchtbar interessante Dinge abspielen.

»Ich gebe Ihnen eines unserer schönsten Zimmer«, raunte er mir zu. »Nummer siebzehn für Herrn Wilsberg!« Das galt der Frau an der Rezeption. Und wieder zu mir: »Im Gourmet-Restaurant sind Sie selbstverständlich Gast des Hauses. Und falls Sie etwas brauchen ...«

Ich sagte, dass ich das sehr zu schätzen wüsste.

Nummer siebzehn lag im ersten Stock mit Blick auf die Gräfte, eine weitere Garteninsel und eine vom Pferd fallende Amazone in Stein.

Ich packte meine wenigen Sachen in den rustikalen Eichenschrank, probierte das ebenfalls rustikale Eichenbett aus, checkte den Fernseher, nahm eine Dusche, cremte meine trockene Haut ein und entschied dann, dass es an der Zeit sei, van Luydens Angebot zu testen.

Das Gourmet-Restaurant hatte eine Außenterrasse direkt an der Gräfte. Ich bestellte Entenbrust mit gefüllten Nudeln neben Gemüse und zum Dessert Erdbeeren an geeister Dickmilch. Beides entsprach durchaus meinen Vorstellungen und ich war kurze Zeit versucht, Franka anzurufen und ihr von meinen Arbeitsbedingungen zu erzählen. In Anbetracht ihrer ohnehin angeschlagenen Arbeitsmoral ließ ich es bleiben, womöglich hätte sie das alles völlig missverstanden und mir mit einer Diskussion über den Supermarkt-Job die Stimmung verdorben.

Nach dem Espresso setzte ich einen Zigarillo in Brand und drehte eine Runde durch den Schlosspark. Ich hatte nicht die Absicht, die Nächte hinter feuchten Büschen zu verbringen, um den jugendlichen Steinschleuderern aufzulauern. Nach meiner Berufsauffassung war Detektivarbeit eine geistige Tätigkeit, und obwohl ich nicht einmal den Ansatz einer Spur hatte, glaubte ich doch, dass es in einer Kleinstadt wie Disselburg nicht allzu schwer sein durfte, die Täter ausfindig zu machen. Sollte ich dafür ein paar Tage länger brauchen – auch kein Problem. Vierhundert Mark pro Tag und das Zimmer im Schlosshotel waren gute Argumente, den Tätern etwas Vorsprung zu gönnen.

Die Dämmerung hatte eingesetzt und ein paar bis zum Kragen mit Nektar abgefüllte Hummeln taumelten durch die letzten Sonnenstrahlen.

Ich trat den Rückweg zum Hotel an und beobachtete, wie ein junger Mann aus dem großen, runden Turm des Schlosses trat. Er schlurfte langsam zu der englischen Garteninsel, hockte sich vor einem Reiterstandbild auf den Kiesweg und spielte gedankenverloren mit den roten Steinen. Aus seinem ganzen Gehabe war erkennbar, dass er kein Besucher war, sondern sich im Schloss zu Hause fühlte. Trotzdem wirkte er in der noblen Atmosphäre merkwürdig deplatziert. Gekleidet in eine alte Jeans und ein verblasstes Sweatshirt, mit langem Bart und noch längerem Haupthaar sah er nicht aus wie der zukünftige Schlossherr von Disselburg. Eher wie ein Übriggebliebener von Woodstock.

III

Ich schlief gut, traumlos und lange. Nach einem reichhaltigen Frühstück fühlte ich mich in der Lage, mit der Arbeit zu beginnen. Zu diesem Zweck suchte ich Tonio van Luyden in seinem Büro auf. Der Hoteldirektor legte die Zeitung, in der er geblättert hatte, zur Seite, streckte mir sein breites, frisch mit Rasierwasser eingesprenkeltes Gesicht entgegen und bekundete seine Bereitschaft, mir mit Rat und Tat zur Seite zu stehen.

Zur Einstimmung begann ich mit unverfänglichen Fragen. Ob er eine Idee habe, wer hinter den Anschlägen stecke, und ob es jemanden im Ort gebe, den sich der Graf zum Feind gemacht habe.

Wie zu erwarten, gaben die Antworten nicht viel her. Nein, er habe keine Idee, und nein, der Graf sei in Disselburg und Umgebung ein ungemein beliebter Mann.

»Hat der Graf eigentlich Kinder?«

»Ja. Das gräfliche Paar hat zwei erwachsene Kinder.«

»Und die wohnen im Schloss?«

»Nein. Wilhelm, der Sohn, ist Jurist und arbeitet in der Führungsebene eines großen Versicherungsunternehmens.«

Das erklärte die Großzügigkeit der Versicherung, aber nicht den nachtwandelnden Späthippie.

»Und die Tochter Anke«, van Luyden zögerte einen Moment, »besitzt einen Laden in Disselburg.«

»Einen Laden?«

»Für Möbeldesign. Sie hat sich nach dem Abitur entschieden, einen praktischen Beruf zu erlernen, und eine Tischlerlehre gemacht.«

»Sie meinen, sie stellt die Möbel selbst her?«

»So ist es, Herr Wilsberg. Es soll sich um hochwertige Objekte handeln«, fügte er rasch hinzu. »Ihre Stücke sind sehr begehrt.«

»Aber der Graf ist davon nicht begeistert?«

Van Luydens Augen wanderten durch den Raum. »Nun, er hätte sich gewünscht, dass sie studiert, so wie Wilhelm. Doch gegen Ankes Dickkopf kommt niemand an. Schon früh hat sie sich gegen alles aufgelehnt, was mit ihrer adeligen Herkunft zusammenhing. Deshalb nennt sie sich auch Anke Schwelm.«

»Das schwarze Schaf der Familie, was?«

»So weit würde ich nicht gehen, Herr Wilsberg. Der Graf ist ein toleranter Mann, er hat nicht den Stab über sie gebrochen.«

Ich lächelte verstehend. »Sagen Sie, wer weiß am meisten über Disselburg und seine Bewohner?«

»Die Polizei, nehme ich an. Und der Pfarrer, natürlich.«

»Abgesehen von der Polizei und dem Pfarrer.«

Er dachte nach. »Wir haben ein Anzeigenblatt, das wöchentlich erscheint, das *Disselburger Wochenblatt*. Es gibt einen Reporter, Max Mehring. Er ist täglich in Disselburg unterwegs und kennt praktisch jeden in der Stadt.«

»Danke.« Ich stand auf. »Sie haben mir sehr geholfen, Herr van Luyden.«

Sein schwammiges Kinn zuckte vor Freude.

»Ach, eine Frage habe ich noch: Gestern Abend, als ich durch den Schlosspark ging, habe ich einen jungen Mann gesehen, der aus dem dicken Turm herauskam ...«

»Aus dem Bergfried.«

»Bitte?«

»Der dicke Turm heißt Bergfried«, erläuterte van Luyden. »Er stammt aus dem zwölften Jahrhundert und gehört zur ursprünglichen Burganlage. Neben dem Bergfried gab es seinerzeit nur einige Holzbauten. Bei Gefahr flohen die Bewohner der Burg in den Bergfried.«

»Der junge Mann kam also aus dem Bergfried. Jeans, lange Haare und Bart. Wer war das?«

Van Luydens Augen standen für einen Moment still und bekamen einen glasigen Schimmer. »Mein Sohn Alex. Er ist Künstler, Maler. Sein Atelier befindet sich im obersten Stockwerk des Bergfrieds.«

Disselburg unterschied sich auf den ersten Blick nicht von anderen münsterländischen Kleinstädten: eine Hauptstraße, durch die sich der Verkehr quälte, eine Kirche, ein Marktplatz und Einheimische, die jeden Auswärtigen mit neugierigen Blicken verfolgten.

Ich stellte den Wagen auf dem Parkplatz in der Ortsmitte ab und staunte wieder einmal über die niedrigen Parkgebühren auf dem Land. Das, was der Automat für zwei Stunden Parkdauer schluckte, reichte in Münster höchstens für zehn Minuten.

Die Polizeistation befand sich in einem soliden, roten Backsteingebäude. Ich ging hinein und stand vor einer breiten Theke, die den mit Linoleum ausgelegten Eingangsbereich von einer Gruppe antiquarisch anmutender Schreibtische trennte. Es dauerte etwa fünf Minuten, bis sich ein Beamter aus den hinteren Regionen des Raumes zu mir an die Theke bequemte.

»Sie wünschen?«

Ich sagte, dass ich im Auftrag der Versicherung die Schadensfälle im Schloss Disselburg untersuchen würde und mich über den Ermittlungsstand der Polizei informieren wollte.

»Da müssen Sie mit dem Chef reden«, brummte der Polizist.

»Und wo finde ich den Chef?«

»Die Treppe rauf, erste Tür rechts.«

Neben der Tür hing ein kleines Schildchen mit der Aufschrift *OK Fahlenbusch*. Ich klopfte.

Oberkommissar Fahlenbusch studierte eine Sammlung umweltgrauer Papiere, deren Mitteilungen ihm nicht zu gefallen schienen.

»Ja?«

Ich wiederholte meinen Spruch.
»Sind Sie Versicherungsagent?«
»Nein. Privatdetektiv.«
»Ein Privatschnüffler!«
»Ich bevorzuge die Bezeichnung Detektiv.«
»So Leute wie Sie brauchen wir hier nicht.«
»Heißt das, Sie sind den Tätern auf der Spur?«
»Ich glaube nicht, dass ich Ihnen darüber Auskunft erteilen muss.«
Obwohl er mich nicht dazu aufgefordert hatte, setzte ich mich auf den Stuhl vor seinem Schreibtisch.
»Die Versicherung und natürlich auch die gräfliche Familie sind sehr besorgt wegen der Anschläge.« Ich tat so, als würde ich seine feindselige Haltung nicht zur Kenntnis nehmen. »Warum arbeiten wir nicht einfach zusammen, zum Wohl der Geschädigten? Sie sagen mir, was Sie herausgefunden haben, und ich revanchiere mich mit meinen Erkenntnissen.«
Fahlenbusch ordnete die umweltgrauen Papiere zu einem akkuraten Stoß und legte sie zur Seite.
»Sehen Sie, Herr ...«
»Wilsberg.« Ich legte meine Karte auf den Schreibtisch. »Zurzeit erreichen Sie mich im Schlosshotel.«
Er beachtete die Karte nicht. »Erstens bin ich gar nicht befugt, Sie über den polizeilichen Ermittlungsstand zu informieren, und zweitens interessieren mich Ihre so genannten Erkenntnisse nicht. Wir werden die Täter dingfest machen, früher oder später. Habe ich mich verständlich ausgedrückt?«
»Klar und deutlich. Allerdings werden Sie mich nicht daran hindern, die Arbeit zu tun, für die ich bezahlt werde.«
Seine Mundwinkel zuckten. »Kommen Sie uns bloß nicht in die Quere! Dann gibt's Ärger.«

Soweit mein kurzer Besuch bei der Disselburger Polizei. Als Vorgesetzter hätte ich Oberkommissar Fahlenbusch einen Trainingskurs in Kommunikation verordnet, besonders den Einführungsvortrag *Wie gehe ich mit Menschen um, ohne dass sie den Wunsch verspüren, eine Tränengasgranate auf die Polizeiwache zu schießen.* Aber leider war ich nicht Fahlenbuschs Vorgesetzter.

Tonio van Luyden hatte erwähnt, dass das Büro des *Disselburger Wochenblattes* ebenfalls im Ortskern angesiedelt war. Zwischen Polizeiwache und Kirche gab es eine kurze Fußgängerzone. Während sich meine Nerven allmählich beruhigten, schlenderte ich an einer italienischen Eisdiele und einer Bäckerei vorbei. Der folgende Laden nannte sich *Tables & Chairs*. Mir fiel Anke Schwelm ein und tatsächlich stand ihr Name auf der gläsernen Eingangstür. Im Ausstellungsraum hinter dem Schaufenster waren einige schlichte, ganz aus rotbraunem Holz gefertigte Stühle, Tische und Kommoden platziert. Ein Blick auf die Preisschilder machte mir jedoch klar, dass ich wohl nie in den Besitz eines original Schwelm-Stuhls gelangen würde. Die tischlernde Gräfin verlangte ungefähr das Zehnfache dessen, was ein großer schwedischer Möbelkonzern für ähnliche Kunstwerke haben wollte.

Einen Moment lang spielte ich mit dem Gedanken, den Laden zu betreten. Van Luydens Beschreibung der Grafentochter hatte mich neugierig gemacht. Doch dann entschied ich mich dafür, bei meinem Plan zu bleiben und zuerst mit Max Mehring zu reden, in der Hoffnung, dass Mehring mitteilsamer war als Oberkommissar Fahlenbusch und ein Gespräch nicht für die Vorstufe einer Magenschleimhautentzündung hielt.

Zwanzig Meter weiter war ich am Ziel. Das Büro des *Disselburger Wochenblattes* besaß eine Glasfront, die von einer ehemals weißen, jetzt grauen Gardine verhängt war, die einem Bestattungsunternehmen gut zu Gesicht gestanden hätte.

Begleitet vom munteren Doppelklang einer Türglocke drang ich ins Innere vor. Ein Endfünfziger mit großen

Schweißflecken auf dem gestreiften Hemd und knallrotem Kopf hing tief gebeugt über einem Schreibtisch und telefonierte: »Aber natürlich sind wir an positiven Nachrichten interessiert, Herr Legemann-Wiesinger. Die Kartoffelernte wird gut ... ja ... die Zuckerrübenernte auch ... ich hab's notiert, Herr ... selbstverständlich berichten wir darüber.« Er knallte den Hörer auf die Gabel. »Mein Gott, als hätte ich nichts Besseres ...«

Ihm fiel ein, dass er die Türglocke gehört hatte, drehte sich zu mir um und aktivierte seinen geschäftsmäßig freundlichen Tonfall: »Was kann ich für Sie tun?«

»Mein Name ist Wilsberg«, sagte ich. »Sind Sie Max Mehring?«

»Nein.« Er zog ein hellblaues Stofftaschentuch aus der Hosentasche und wischte sich damit über die breite Stirn und die wenigen grauen Haarsträhnen. »Max ist dreißig Jahre jünger als ich und halb so breit. Ich heiße Hartmann. Ich bin der Geschäftsführer des *Wochenblatts*.«

Das Telefon klingelte.

»Ausgerechnet heute muss Hilde ...«, murmelte Hartmann, schleppte seinen überschwappenden Bauch zum Schreibtisch zurück und grabschte nach dem Hörer: »Wochenblatt, Hartmann. ... Ja, Frau Oberthies, ich wollte Sie auch schon anrufen. ... Die Anzeige von letzter Woche, in Ordnung, Frau Oberthies.«

»Wo finde ich Mehring?«, fragte ich hastig, bevor sich das Telefon wieder einmischen konnte.

»Wenn ich das wüsste.« Er watschelte zu einem anderen Schreibtisch. »Die Sekretärin verwaltet seine Termine. Sie ist mit ihrem Sohn beim Arzt, wegen einer eitrigen Mandelentzündung.« Er wühlte in einem Haufen Papiere. »Jetzt darf ich den Laden alleine schmeißen. Was wollen Sie denn von Max?«

»Ich arbeite für den Grafen«, antwortete ich ausweichend. »Es geht um die Anschläge im Schloss.«

»Das war zu erwarten«, brummte Hartmann.

»Wie meinen Sie das?«

Er richtete sich auf, einen Kalender in der Hand. »Die Disselburger Polizei hat sich nicht gerade mit Ruhm bekleckert, vorsichtig ausgedrückt. Ich nehme an, dass der Graf die Sache selbst in die Hand nehmen will.« Er schaute auf den Kalender. »Max ist im Dinklager Moor, eine Ortsbegehung des Vereins für Naturschutz. Ich würde Ihnen aber raten, bis drei Uhr zu warten, dann kommt er zum Pfarrheim, hier gleich um die Ecke. Die Pfarre feiert den neunzigsten Geburtstag von Frau Klompstetter.«

»Vielen Dank!«

Hartmann fächelte sich mit dem Karton Luft zu. Dann klingelte das Telefon.

Bis drei Uhr war noch reichlich Zeit. Ich ging zur Bäckerei zurück und kaufte ein Käsebrötchen. Dabei stellte ich fest, dass der Adel in Disselburg nicht nur Freunde hatte. Einige Berliner wurden um die Hälfte billiger angeboten, versehen mit dem Hinweis: *adelig, d. h. von gestern*.

Anschließend setzte ich mich unter einen Sonnenschirm vor der Eisdiele, prüfte meinen Herzschlag, der sich normal anfühlte, und bestellte einen Cappuccino.

Kaffee trinkend und einen Zigarillo paffend, hielt ich die Gelegenheit für günstig, einen Kontrollanruf bei meiner Assistentin zu machen.

Sie hatte gerade ihre Morgenschicht hinter sich und war übel gelaunt.

»Tote Hose«, gähnte sie mir ins Ohr. »Und wie läuft's bei dir?«

Ich schilderte ihr kurz den Auftrag und spielte die äußeren Bedingungen herunter.

»Du kannst mir nichts vormachen, Georg«, würgte sie mich ab. »Ich höre an deiner Stimme, dass du es dir in diesem Schloss Dingsda ...«

»Disselburg.«

»... gut gehen lässt.«

»Vielleicht könntest du ja nachkommen«, dachte ich laut. »Der Graf lässt sich bestimmt davon überzeugen, dass wir zu zweit an dem Fall arbeiten müssen.«

»Ehrlich?«, rief sie begeistert.

»Ja. Sobald du den Supermarkt-Job abgeschlossen hast.«

Sie heulte auf: »Du Schwein!«

Das Pfarrheim war festlich geschmückt. An der Decke hingen Papiergirlanden und auf den Tischen standen Blumensträuße und bunte Pappteller. An Gemütlichkeit war die Dekoration nur noch durch die eines Kindergeburtstags im Krankenhaus zu schlagen.

Die Jubilarin saß in einem Rollstuhl, den man in die Mitte des Raumes geschoben hatte. Trotz der beachtlichen Wärme, die drinnen wie draußen herrschte, trug sie eine dicke schwarze Strickjacke und fingerte, mit vor Aufregung glänzenden Augen und hohlen Wangen, an ihrer Kaffeetasse.

Das Durchschnittsalter der übrigen Festgäste lag bei ungefähr siebzig Jahren. Ich drückte mich an die hintere Wand und hoffte, dass mich niemand beachten würde. Abgesehen vom Pfarrer, der immer wieder zu mir herüberschaute, ging mein Plan auf.

Zum Glück musste ich nicht lange warten, bis Max Mehring erschien. Er war leicht zu erkennen: Mitte zwanzig, eine grüne Weste mit vielen Taschen über dem karierten Flanellhemd, umgehängter Fotoapparat – das typische Erscheinungsbild eines Reporters zwischen Beirut und Disselburg.

Mehring ging zu Frau Klompstetter, schüttelte ihre Hand und entlockte ihr ein paar Worte. Dann redete er kurz mit dem Pfarrer und machte sich anschließend Notizen auf einem Schreibblock.

Inzwischen hatte ein Greis seinen Löffel gegen eine Tasse geschlagen und hob zu einer Festrede an. Danach kam der Pfarrer an die Reihe. Mehring notierte weiter, während er mit gierigen Schlucken eine Kaffeetasse leerte, die ihm eine fürsorgliche alte Dame hingeschoben hatte. Kaum hatte der Pfarrer geendet, eilte der Reporter zum Ausgang.

An der Tür fing ich ihn ab. »Herr Mehring?«

»Ja?«

»Mein Name ist Wilsberg. Ich bin Privatdetektiv.«

»So?« Ein spöttisches Lächeln huschte über sein Gesicht.

»Der Graf hat mich engagiert, Sie können sich denken, warum.«

»Klar. Ich kann Ihnen allerdings nicht helfen. Wenn ich die Täter kennen würde, hätte ich das schon in unserem Blättchen veröffentlicht.«

»Ich möchte so viel wie möglich über Disselburg erfahren. Und man hat Sie mir als den Kompetentesten empfohlen.«

Die Schmeichelei schien ihm zu gefallen. »Tja«, er schaute auf seine Uhr, »im Moment habe ich keine Zeit. Ich muss zum Spiel der E-Jugend von TuS Disselburg 09. Aber ... Sie können mitkommen, wenn Sie wollen.«

Ich wollte.

Wir nahmen seinen Wagen, der vorschriftswidrig neben dem Pfarrheim geparkt war.

Mit aufheulendem Motor fädelte sich Mehring lässig in den Verkehr der Hauptstraße ein. »Ich könnte eine Geschichte über Sie machen, einen Privatdetektiv in Disselburg, das hat's bestimmt noch nicht gegeben.«

»O nein, bitte nicht!« Ich klammerte mich am Seitengriff fest. »Ich möchte unerkannt bleiben.«

»Machen Sie sich nichts vor!«, grinste der Reporter. »Spätestens morgen kennt Sie hier jeder. Disselburg ist eine Kleinstadt.« Er bog nach rechts ab. »Sehen Sie, da drüben ist schon der Sportplatz. Normalerweise erledige ich alles zu Fuß. Aber heute hatte ich einen Termin im Moor ...«

Er parkte vor dem Clubheim des TuS Disselburg 09. Auf dem Platz liefen sich bereits die Mannschaften warm, angespornt von gebrüllten Kommandos ihrer Trainer.

Wir schlenderten auf die Anlage und suchten uns schattige Sitzplätze auf den ansonsten leeren Rängen. Abgesehen von den Mannschaften befanden sich zwei Elterngruppen im Stadion, aufgereiht am Spielfeldrand, um die eigenen Sprösslinge anzufeuern oder ein Wortgefecht mit den Eltern der gegnerischen Mannschaft auszutragen.

Die Mannschaften versammelten sich im Mittelkreis.

»Wenn in Disselburg jeder über jeden Bescheid weiß, ist es da nicht verwunderlich, dass die Täter nicht bekannt sind?«, lenkte ich die Unterhaltung auf mein Thema zurück.

»Ja und nein«, sagte Mehring. Er winkte dem Trainer des TuS Disselburg zu, der zurückwinkte.

Das Spiel hatte begonnen, die Eltern fingen an zu schreien.

»Ja, weil die Täter offensichtlich den Mund halten. Sobald sie auch nur ein Sterbenswörtchen sagen würden, und sei es zu ihrem besten Freund oder ihrer besten Freundin, würden sich ihre Namen wie ein Lauffeuer verbreiten. Aber sie verhalten sich erstaunlich professionell.«

»Glauben Sie eigentlich auch, dass es sich um Jugendliche handelt?«, unterbrach ich ihn.

»Ja, das nehme ich an.«

»Aus Disselburg?«

»Oder Umgebung. Im Umkreis liegen einige Weiler. Die Täter stammen jedenfalls von hier, da bin ich sicher.«

»Und nein?«, erinnerte ich ihn an seinen Anfangssatz.

Er schaute mich verständnislos an.

»Auf meine Frage, ob ...«

»Ach so. Nein, weil die Polizei von Disselburg sogar bei einer Schnitzeljagd Probleme hätte, zum Ziel zu kommen.«

»Das habe ich heute schon mal gehört.«

»Von wem?«

»Von Ihrem Kollegen, dem Herrn Hartmann.«

»Horst Hartmann ist mein Chef«, sagte Mehring ohne Begeisterung. »Er leitet das *Disselburger Wochenblatt*. Wobei es im Grunde nicht so viel zu leiten gibt, weil wir nur eine Filiale des *Bocholter Wochenblattes* sind. Ähnliche Ableger gibt es in Rhede, Dinxperlo und Werth. Die regionalen Anzeigen kommen aus Bocholt, Horst akquiriert vor Ort.«

»Und Sie sind der einzige Reporter?«

»Wir haben ein paar freie Mitarbeiter, alles Schüler. Aber ich bin der einzige hauptamtliche Redakteur, das ist richtig.«

Er beobachtete das Spielgeschehen. TuS Disselburg machte Druck, konnte aber auch erstklassige Torchancen nicht verwerten. Der Trainer tobte.

»Sehen Sie den blonden Mittelstürmer von Disselburg?« Mehring streckte seinen Arm aus.

Der Junge war mir bereits aufgefallen. Er hatte Mühe, seinen übergewichtigen Körper über das Spielfeld zu schleppen, und verstolperte praktisch jeden Ball.

»Das ist der Sohn vom Bürgermeister. Der Bürgermeister besitzt auch den *Ratskeller* und Horst verhandelt gerade über einen Jahresvertrag für Ratskeller-Anzeigen. Also mache ich eine große Geschichte über die E-Jugend von TuS Disselburg. So sieht mein Job aus, Herr Wilsberg.« Er sagte das mit aller Lebensenttäuschung, zu der ein Fünfundzwanzigjähriger fähig war.

»Scheint nicht Ihr Traum-Job zu sein.«

»Beileibe nicht. Ich bin in Disselburg geboren und hatte eigentlich nicht vor, hier zu versauern. Nach dem Abitur habe ich ein Volontariat bei einer münsterschen Tageszeitung gemacht. Leider ist anschließend keine Stelle für mich abgefallen. Und dann hat meine Mutter Horst bekniet, mich einzustellen. In Disselburg sind alle irgendwie miteinander verwandt und Horst gehört über drei Ecken zur Familie meiner Mutter. Ich habe gedacht, okay, für den Übergang nicht schlecht, da verdienst du wenigstens ein paar Mark. Und dabei ist es geblieben. Ich habe mich überall beworben, ohne Erfolg. Und meine Chancen werden nicht besser, weil ich von den letzten Jahren nur Artikel aus dem *Wochenblatt* vorweisen kann. Und wer holt sich schon einen beschissenen Anzeigenblatt-Redakteur aus der Provinz?«

Endlich hatten es die Jungs von TuS Disselburg geschafft, den Ball über die Torlinie zu bugsieren. Die Disselburger Eltern jubelten und schlugen sich auf die Schultern.

Ich überlegte, wie ich Max Mehring auf andere Gedanken bringen konnte. »Sagen Sie, der Graf, was ist der für ein Mensch?«

Mehring strich sich die schwarzen, leicht gegelten Haare aus der Stirn. Er sah gut aus. Ohne den zynischen Ausdruck im Gesicht hätte er der Schwarm aller Disselburger Teenies sein können.

»Der Graf ist der Einzige in der Stadt, der Format hat. Er überragt unsere Provinzfürsten um Haupteslänge.«

»Sie bewundern ihn?«

»Ich kenne hier jeden, verstehen Sie, jeden, der etwas zu sagen hat. Und wissen Sie, warum ich für meine Arbeit keinen Rekorder brauche?« Er beugte sich zu mir herüber und senkte seine Stimme. »Im Vertrauen und unter uns: Weil ich froh bin, wenn ich aus dem Gestammel der Honoratioren zwei oder drei zitierfähige Sätze zusammenbasteln kann.« Er lehnte sich zurück. »Aber Gespräche mit dem Grafen sind die Highlights meiner Tätigkeit. Ich freue mich jedes Mal darauf. Der Graf ist humorvoll, tolerant und weit blickend. Wenn es kein Widerspruch in sich wäre, würde ich sagen: der einzige Weltbürger, den wir haben.«

»Und trotzdem wird er terrorisiert und erpresst.«

»Na ja, der Graf hat noch eine Eigenschaft, die ihn heraushebt.«

»Und die wäre?«

»Er ist reich.«

Mehring stand auf. »Ich muss mal ein paar Fotos machen.«

»Vom blonden Mittelstürmer?«

»Sie haben es erfasst. Spätestens zur Halbzeit wird er ausgewechselt. Ein ganzes Spiel hält der nicht durch.«

Am Ende siegte TuS Disselburg mit drei zu zwei. Die Disselburger Eltern waren überglücklich, die Eltern der gegnerischen Mannschaft schimpften über den Schiedsrichter. Die Spieler nahmen das Ergebnis gelassener. Auf dem Weg zur Kabine interessierten sie sich mehr für die versprochenen Belohnungen in Form von Eis und Cola.

Mehring setzte mich am Parkplatz ab. Unter dem Scheibenwischer meines Autos klebte ein Knöllchen. Für das Überschreiten der Parkdauer musste man in Disselburg genauso viel zahlen wie in Münster.

Der Graf hatte sich bereits in seine Privaträume zurückgezogen. Er bat mich in die Bibliothek, die meiner Vorstellung von Schloss erheblich näher kam als sein Büro. Dicht gedrängt und die Patina von Jahrhunderten ausstrahlend, stapelten sich in Leder gebundene Bände bis an die fünf Meter hohe Stuckdecke.

»Wir haben im achtzehnten Jahrhundert den Bestand eines Klosters übernommen«, erklärte der Graf, als er meine Bewunderung bemerkte. »Viele Bücher stammen aus dem dreizehnten bis fünfzehnten Jahrhundert, darunter einige wertvolle Handschriften.«

Wir setzten uns an den kalten Kamin.

»Haben Sie etwas herausgefunden?«

»Nein.«

»Aha.« Sein Gesicht blieb neutral.

»Ich habe einige Fragen. Man hat mir erzählt, dass Sie reich seien.«

»Die Leute übertreiben maßlos.«

»*Wie* reich sind Sie denn?«

»Spielt das eine Rolle für Ihre Arbeit?«

»Sehen Sie, Herr zu Schwelm-Legden, Reichtum schafft nicht nur Neider, er führt gelegentlich auch dazu, dass sich Menschen benachteiligt oder ausgenutzt fühlen.«

»Wollen Sie mir unterstellen ...«

»Ich will Ihnen gar nichts unterstellen. Möglicherweise ahnen Sie ja nicht, wem Sie indirekt auf die Füße getreten sind. Bei der Suche nach einem Motiv für die Anschläge muss ich solchen Dingen nachgehen.«

»Na schön.« Er seufzte. »Ich betrachte mich übrigens nur als Verwalter des Familienbesitzes. Persönlicher Reichtum stellt für mich keinen Wert dar.«

Vermutlich war er auch nie in die Verlegenheit gekommen, sich Sorgen um seine Existenz zu machen, so wie gewisse arme Schlucker, zum Beispiel der, der ihm gegenübersaß.

»Der Wert des Schlosskomplexes ist schwer zu bestimmen, heutzutage kann man Schlösser nicht so leicht verkaufen. Das Museum dient jedenfalls nur dazu, das Personal und einen Teil der Instandhaltung zu finanzieren. Anders sieht es mit dem Hotel auf der Vorburg aus. Die Verpachtung wirft eine erkleckliche Summe ab. Außerdem besitzen wir noch einige Ländereien, die zum Teil ebenfalls verpachtet sind.«

»An wen?«

»An Bauern, die darauf Landwirtschaft betreiben.«

»Und der Rest?«

»Beim Rest handelt es sich um Forstgebiete. Ich betreibe in Eigenverantwortung Forstwirtschaft und vergebe Jagdrechte.« Er lächelte. »Manchmal jage ich auch selbst, zusammen mit Freunden.«

»Ich dachte, Sie seien ein Naturschützer.«

»Das ist kein Widerspruch, Herr Wilsberg. Ohne Kontrolle des Wildbestandes werden Bäume und Pflanzen geschädigt.«

Ich nickte. »Insgesamt, wie hoch würden Sie den Wert des Familienbesitzes taxieren?«

»Sie wollen eine Marke?« Er überlegte kurz. »Fünfzehn bis zwanzig Millionen, würde ich sagen.«

Jedenfalls genug, um nicht über persönlichen Reichtum nachdenken zu müssen.

IV

Koslowski saß neben mir im Auto, die Gesichtshaut so transparent weiß, dass die Schädelknochen durchschimmerten. Hinter uns heulte eine Polizeisirene. Und irgendwo klingelte ein Telefon.

Koslowski drehte seinen Totenkopf zu mir und sagte: »Warum nimmst du das verdammte Telefon nicht ab?«

Ich wachte auf und schnappte nach Luft. Diese Albträume würden mich noch umbringen. Mit zitternden Fingern tastete ich nach dem Telefon.

Es war der Graf. »Sie haben wieder zugeschlagen.«

Jetzt hörte ich auch das rhythmische Heulen der Alarmanlage.

»Und sie haben eine neue Botschaft hinterlassen, das Blatt steckte in einer Ritze des Portals. Diese Halunken werden immer dreister.«

»Was steht drauf?«, krächzte ich schlaftrunken.

»*Wir haben die Leiche gefunden.*«

»Welche Leiche?«

»Ich habe keine Ahnung, Herr Wilsberg. Ich hoffe bei Gott, dass niemand sterben musste.«

»Bin schon unterwegs«, murmelte ich und legte auf.

Ein Polizeiwagen stand mit rotierendem Blaulicht im Innenhof der Vorburg. Der Graf konferierte mit Oberkommissar Fahlenbusch und einem weiteren Polizisten auf der Steinbrücke, die zum Schloss führte.

Als ich näher kam, sah ich, wie Fahlenbusch ein weißes Blatt in einer Plastikhülle versenkte.

»Darf ich mal sehen?«, bat ich.

»Nein«, sagte Fahlenbusch. »Das ist Beweismaterial. Der Herr Graf bekommt eine Kopie, sobald wir das Blatt auf Fingerabdrücke untersucht haben.«

»Vielen Dank«, bemerkte ich ironisch.

Ein zweiter Polizeiwagen traf ein. Damit waren achtzig Prozent der Disselburger Polizei im Einsatz.

»Na, dann wollen wir uns mal nach Spuren umsehen«, sagte Fahlenbusch und guckte haarscharf über meinen Kopf hinweg. Den zweiten Polizisten im Schlepptau, trabte er zu seinen Kollegen. Kurz darauf rückten alle vier Polizisten, mit langen Taschenlampen bewaffnet, in den Schlosspark aus.

»Wieder ein Stein?«, fragte ich den Grafen.

Er nickte. »Von dort drüben.« Seine Hand zeigte auf eine Stelle hinter der Zugbrücke. »Das Geschoss schlug im Alten Speisesaal ein. Beinahe hätte es eine chinesische Vase aus dem sechzehnten Jahrhundert getroffen.«

Er machte sich Sorgen um seine Vasen, ich dachte mehr an die Leiche.

»Ist in letzter Zeit jemand gestorben?«

»Wo?«

»Hier im Schloss oder in der Stadt.«

»Das lässt sich wohl nicht vermeiden, Herr Wilsberg.«

»Ich meine: auf unnatürliche Weise, ermordet, durch einen Unfall.«

»Das ist mir nicht bekannt. In Disselburg sind im letzten Jahr einige alte Menschen gestorben, eines natürlichen Todes, soweit ich weiß.« Er holte Luft. »Entschuldigen Sie mich jetzt bitte! Ich glaube, ich muss mich um meine Frau kümmern.«

Ich blieb noch eine Weile im Innenhof stehen und beobachtete die vier Lichtkegel, die durch den Schlosspark streiften. Es war sinnlos, den Polizisten nachzugehen, sie würden mir ohnehin nichts verraten.

Hinter der Erpressungsgeschichte steckte noch etwas anderes, da war ich mir ziemlich sicher. Aber in dieser

Nacht würde ich es nicht herausfinden. Also konnte ich mich genauso gut wieder ins Bett legen.

Es war Morgen, die Sonne brannte subtropisch vom Himmel, als hätte sie vergessen, dass Mitte September normalerweise kalter Nieselregen auf dem münsterländischen Wetterprogramm stand.

Der Graf begutachtete, wie zwei Handwerker das eingeschossene Fenster im Alten Speisesaal ersetzten.

»Sie sind inzwischen ein eingespieltes Team«, sagte er, als ich neben ihn trat. »Von Mal zu Mal klappt es besser.«

Ich fragte ihn, ob er etwas von der Polizei gehört habe.

Er verneinte.

»Oberkommissar Fahlenbusch ist nicht sehr kooperationsbereit, was meine Person betrifft.«

»Da kann ich Ihnen nicht helfen, Herr Wilsberg. Ihr Job ist es, Dinge herauszufinden.«

Der kritische Unterton war nicht zu überhören. »Haben Sie etwas an meiner Arbeit auszusetzen?«

»Welche Arbeit? Als es passierte, lagen Sie im Tiefschlaf, oder nicht?«

Das konnte ich ihm nicht durchgehen lassen. »Falls Sie jemanden suchen, der nachts im Park herumsteht, sollten Sie einen Nachtwächter einstellen.«

Er sog scharf die Luft ein. Drei Sekunden lang starrten wir uns an.

Dann atmete er aus. »Entschuldigen Sie, Herr Wilsberg, ich bin etwas nervös. Sie haben Recht, es ist nicht Ihre Aufgabe, den Nachtwächter zu spielen.«

Das war also geklärt. »Ist Ihnen zu der Leiche noch etwas eingefallen?«

»Nein, nichts.«

»Niemand schreibt so etwas ohne Grund. Es muss eine Bedeutung geben. Vielleicht ist der Ausdruck *Wir haben die Leiche gefunden* metaphorisch gemeint.«

»Sie spielen auf die berühmte *Leiche im Keller* an? Die gibt es nicht«, sagte der Graf mit Nachdruck. »Wie ich bereits erwähnte, zahle ich pünktlich meine Steuern und ich mische mich auch nicht in politische Angelegenheiten ein. Ich habe mir nichts vorzuwerfen.« Er machte eine Pause. »Allerdings will ich nicht ausschließen, dass in früheren Zeiten Menschen im Schlosskeller gefoltert und getötet wurden. So etwas kam vor. Seit der Aufklärung ist das Verlies jedoch nicht mehr benutzt worden.«

In einem hatte *er* Recht: Es war mein Job, die Lösung zu finden. Und allmählich ahnte ich, dass die Geschichte nicht so gemütlich bleiben würde, wie sie angefangen hatte.

Ohne große Hoffnung machte ich meinen zweiten Besuch bei der Disselburger Polizei. Ich stieg gleich die Treppe hinauf und klopfte an Fahlenbuschs Tür. Der Oberkommissar hatte müde Augen und seine Tränensäcke waren etwas grauer geworden, ansonsten war er aber der gute alte Fahlenbusch.

»Sie schon wieder«, sagte er mit einer Stimme, die eine ganze Schulklasse erschreckt hätte.

»Warum vergessen wir nicht, was gewesen ist, und fangen noch einmal von vorne an«, schlug ich freundlich vor.

Er kniff den Mund zusammen und fixierte mich mürrisch. Trotzdem glaubte ich, eine leichte Unsicherheit in seinen Augen zu erkennen. Die anhaltende Erfolglosigkeit und das Gerede in der Stadt mussten ihm an die Nieren gehen. Vielleicht auch die jüngste Botschaft der Erpresser.

»Was wollen Sie?«

»Ich möchte einen Blick auf die Mitteilung von letzter Nacht werfen.«

»Das Blatt ist auf dem Weg nach Borken, zur labortechnischen Untersuchung.«

»Haben Sie im Park etwas gefunden?«
»Nein.«
»Welche Leiche können die Täter meinen?«
Er strich sich mit zwei Fingern über die Augenbraue. »Ich kann mir vorstellen, was in Ihrem Gehirn vorgeht. Leute wie Sie denken sofort an ungeklärte Morde. Ich versichere Ihnen, dass es in den letzten zehn, fünfzehn Jahren keinen Mord in Disselburg gegeben hat. Die Mühe, in alten Todesfällen zu schnüffeln, können Sie sich sparen.«
»Erpresser stellen normalerweise keine Rätsel. Sie gehen davon aus, dass ihre Botschaften verstanden werden.«
Fahlenbusch beugte sich vor. »Der Graf hat keine Idee, um welche Leiche es sich handelt, ich habe auch keine. Falls Sie eine haben, nur raus mit der Sprache!«
Ich zuckte mit den Schultern. »Hat man eigentlich untersucht, aus welchen Zeitungen oder Zeitschriften die Erpresser ihre Texte ausschneiden? So etwas lässt Rückschlüsse auf ihr Alter und ihr Umfeld zu.«
Fahlenbusch stand auf. »Wir sind nicht untätig, Herr Wilsberg, auch wenn einige Besserwisser das Gegenteil behaupten. Und wir brauchen keine Ratschläge von vorbestraften Rechtsanwälten.«
Er hatte sich also nach mir erkundigt.
Ich lächelte. »Pflegen Sie ruhig Ihre Vorurteile, Herr Fahlenbusch. Sie werden sehen, wie weit Sie damit kommen.«
»Machen Sie, dass Sie rauskommen!«, knurrte er. Es klang eher müde als wütend.

Die Disselburger Polizei und ich würden wohl nie ein Team werden. Diesmal regte es mich jedoch kaum auf. Meine Befürchtung, dass die Polizei einen Vorsprung besaß, hatte sich als unbegründet erwiesen. Fahlenbusch tappte völlig im Dunkeln. Und das war meine Chance, als Sieger durchs Ziel zu gehen.

Durch die Fußgängerzone schlenderte ich zum Laden von Anke Schwelm. Der Verkaufsraum war menschenleer, wie beim letzten Mal. Ich trat ein und schaute mich um. An der Rückwand führten vier Treppenstufen zu einer türlosen Maueröffnung. Der Raum, der sich dahinter befand und von dem ich nur einen Ausschnitt erkennen konnte, war mit den gleichen Terrakotta-Fliesen ausgelegt wie der Verkaufsraum. An den weißen Wänden hingen flüchtige, abstrakte Farbtupfer, von Niedrigvoltstrahlern erhellt. Insgesamt sah der Laden sachlich und zugleich edel aus. Niemand würde auf den Gedanken kommen, hier billig einkaufen zu können.

»Ich bin hier oben«, rief eine Frauenstimme.

Ich stieg die Treppenstufen hinauf. Die Besitzerin der Stimme war tief über einen Tisch gebeugt, den sie mit einem Tuch polierte. Hinter ihr war allerlei Werkzeug an der Wand befestigt und auf dem Boden lagen Stuhlbeine, Tischplatten und andere Einzelteile herum.

Sie schaute auf. »Ach, Sie sind das.«

Ich war überrascht. »Woher wissen Sie, wer ich bin?«

Sie richtete sich auf und wischte ihre Hände an einem anderen Tuch ab. Sie trug eine Jeans und ein T-Shirt. Ihr Gesicht und ihre Arme waren mit Sommersprossen bedeckt, das kurze Haar hatte einen Stich ins Rötliche.

»Ich bitte Sie, der ganze Ort spricht von Ihnen.« Sie imitierte ein Tuscheln: »Haben Sie schon gehört, der Graf hat einen Privatdetektiv aus Münster geholt.«

Ich lachte. »Und ich dachte, ohne meinen Trenchcoat würde mich niemand erkennen.«

»Falsch gedacht.« Sie streckte mir ihre Hand entgegen. »Anke Schwelm.«

»Georg Wilsberg. Wie spricht man eigentlich eine Grafentochter an? Prinzessin?«

»Hören Sie bloß auf!«, drohte sie spöttisch. »Ich kann das adelige Brimborium nicht ausstehen. Trinken Sie einen Kaffee mit mir?«

»Gerne.«

Auf der anderen Seite des Raumes war eine kleine Einbauküche installiert. Sie holte zwei Tassen aus dem Schrank, stellte sie auf einen kleinen Kaffeehaustisch und goss Kaffee aus einer Thermoskanne ein.

»Milch oder Zucker?«

»Beides.«

Nachdem ich versorgt war, saßen wir am Tisch und rührten in unseren Tassen.

Sie betrachtete mich neugierig. »Privatdetektiv – ist das nicht ein aufregender Beruf?«

»Nicht besonders. Meistens sitzt man im Auto oder steht in einem Hauseingang und wartet darauf, dass etwas passiert.«

»Und wie wird man Detektiv?«

»Durch Zufall. Ich habe Jura studiert und war Rechtsanwalt, allerdings ist das schon sehr lange her.«

Ihr rundes Gesicht verwandelte sich in ein Fragezeichen. »Entschuldigen Sie meine Offenheit, aber das klingt für mich nicht nach einem beruflichen Aufstieg.«

»War es auch nicht. Ich habe einen kapitalen Fehler begangen, mit dem Ergebnis, dass ich die Juristerei nicht weiter ausüben durfte. Dann habe ich mir einen kleinen Briefmarken- und Münzladen gekauft, aber der warf nicht genug ab. Also habe ich nebenbei als Detektiv gejobbt und schließlich daraus meinen Hauptberuf gemacht.« Bevor sie mich weiter ausfragen konnte, schloss ich schnell eine Gegenfrage an: »Führen Sie den Laden allein?«

»Ja. Abgesehen vom Weihnachtsgeschäft, dann habe ich noch jemanden im Verkauf.« Sie schaute über die Schulter. »Sieht ziemlich unordentlich aus, nicht wahr? Meine eigentliche Werkstatt befindet sich im Gartenschuppen. Aber weil in der Woche so wenig Kunden vorbeikommen, mache ich hier oben die Endfertigung.« Sie grinste. »Hat mein Vater über mich gelästert?«

»Tonio van Luyden hat mir von Ihrem Laden erzählt.«

»Meinem Vater ist die Sache ein bisschen peinlich. Ich glaube, es wäre ihm egal, wenn ich den Laden in Borken oder Münster eröffnet hätte, aber hier, so dicht beim Schloss ... Seine Ahnenreihe und der Ruf der Familie gehen ihm über alles. Dabei ist Tischlerei ein königliches Handwerk. Kaiser Joseph I. hat getischlert, und gar nicht mal schlecht.«

»Immerhin verlangen Sie auch königliche Preise«, bemerkte ich.

Sie lachte. »Das ist keine Fabrikproduktion. Ich fertige jedes Stück von Hand, nach alten Methoden. Aus guten Hölzern, hauptsächlich Kirsche und Buche. Eiche mag ich nicht und bei Kiefer denkt man sofort an Billigmöbel. Außerdem kann man bei mir Möbel nach eigenen Wünschen und Vorstellungen in Auftrag geben.«

»Mit anderen Worten: Der Laden läuft gut.«

»Meine Kunden kommen zum Teil von weit her. Ich bin nicht reich geworden, aber ich komme zurecht. Wahrscheinlich würde ich mehr verdienen, wenn ich tatsächlich nach Münster gegangen wäre. Es ist nur so, dass mir die Gegend hier gefällt, ich will nicht weg. Geld ist nicht der einzige Wert im Leben.«

»Und um Ihre Alterssicherung brauchen Sie sich zum Glück keine Sorgen zu machen.«

»Nein. Irgendwann wird mir die Hälfte des Schlosses gehören.« Ihr Gesicht blieb offen und freundlich. »Sagen Sie, Sie sind doch nicht zufällig vorbeigekommen?«

»Zurzeit bin ich damit beschäftigt, Informationen zu sammeln, so viele wie möglich und von wem auch immer. Bis jetzt weiß ich nur, dass es sich bei den Tätern wahrscheinlich um Jugendliche handelt und sie vermutlich in Disselburg oder Umgebung wohnen. Was um so verwunderlicher ist, weil – und ich bin dafür ja das beste Beispiel – hier normalerweise nichts und niemand geheim bleibt.«

Anke Schwelm nickte. »Offen gestanden, das verwundert mich auch. Meine Eltern, insbesondere meine

Mutter, leiden furchtbar unter den Anschlägen. Fast jede Nacht schrillt die Alarmanlage. Ich wünschte wirklich, die Täter würden gefasst.«

Ich erzählte ihr von der neuesten Botschaft der Erpresser.

Sie erschrak. »Eine Leiche? Was meinen die damit?«

»Das wollte ich Sie eigentlich fragen.«

»Ich habe keine Idee.« In ihrem Gesicht arbeitete es.

»Woran denken Sie?«

»Es ist vermutlich nicht wichtig.«

»Alles kann wichtig sein.«

»Es gibt da etwas«, sagte sie langsam. »Erwähnen Sie gegenüber meinem Vater bloß nicht, dass Sie es von mir haben, dann macht er mich zur Schnecke.«

Ich gelobte Verschwiegenheit.

»Mein Vater ist Vogelliebhaber. Er besitzt seltene Vögel, Tiere, die unter absolutem Artenschutz stehen.«

Ich war verwirrt. »Vögel?«

»Das ist natürlich illegal. Die Tiere dürfen in ihren Heimatländern nicht exportiert und in Deutschland nicht importiert werden. Mein Vater bezahlt irgendwelchen Dunkelmännern immense Summen, damit sie ihm die Vögel beschaffen. Es ist nur ein Gedanke, verstehen Sie, aber könnten nicht radikale Tierschützer davon Wind bekommen haben?«

War das Graf Josephs *Leiche im Keller?*

Ich bedankte mich bei der Grafentochter und versprach, dem Hinweis nachzugehen.

An der Treppe drehte ich mich noch einmal um. »Ach, eine Frage habe ich noch.«

Sie lächelte schon wieder. »Der Columbo-Tick? Ist das eine Berufskrankheit?«

»Im Schloss ist mir jemand aufgefallen, Alex van Luyden. Könnte der mit den Tierschützern unter einer Decke stecken?«

Ihr Blick wurde wehmütig. »Alex? Nein, das glaube ich nicht. Alex interessiert sich nur für Kunst. Und er hat eines mit mir gemeinsam: Er passt nicht in das Weltbild meines Vaters.«

»Warum?«

»Weil er langhaarig, Künstler und schwul ist.«

Ich traf den Grafen in seinem Büro. Er hatte an seinem Computer gearbeitet und brauchte ein paar Augenblicke, um in die triste Gegenwart zurückzukehren.

»Ein Text für eine historische Fachzeitschrift«, sagte er mit entschuldigendem Lächeln. »Deutsche Adelsgeschichte ist eine meiner Leidenschaften, um das scheußliche Wort Hobby nicht zu verwenden.«

Ich beschloss, ohne Umschweife zur Sache zu kommen: »Ich habe noch von einer anderen Leidenschaft erfahren, die Sie pflegen.«

»Was meinen Sie?«

»Seltene Vögel.«

Er starrte mich mit offenem Mund an. »Wer hat Ihnen davon erzählt?«

»Meine Quelle möchte ungenannt bleiben.«

Seine hohe Stimme überschlug sich. »Herr Wilsberg, Sie sollten nicht mir hinterherschnüffeln, sondern denen, die mein Schloss zerstören. Was berechtigt Sie, in meine Privatsphäre einzudringen? Ob ich Vögel halte oder nicht, geht Sie nichts an, gar nichts. Merken Sie sich das!«

Ich blieb gelassen. »Sie sind mein Klient. Insofern interessiert es mich tatsächlich nicht, ob Sie ein Gesetz brechen, solange es sich nicht um ein Kapitalverbrechen handelt. Mein Job ist es, Verbindungen und Zusammenhänge zu suchen.«

Ich gab ihm einen Grundkurs in Detektivarbeit, erklärte ihm, dass das Motiv die halbe Miete beim Aufspüren von Tätern sei und dass für radikale Tierschützer die Missachtung von Tierschutzgesetzen Grund genug sein könne, Schlossfenster einzuschießen.

Wieder einmal bewunderte ich die Wandlungsfähigkeit seines Gesichtes. Innerhalb von wenigen Sekunden durchlief es vom Ausdruck tiefster Wut bis zum augenzwinkernden Bekenntnis der Reue eine ganze Palette von Gefühlen.

»Ich muss mich erneut bei Ihnen entschuldigen, Herr Wilsberg. Natürlich tun Sie nur Ihre Arbeit. Ich begreife langsam, worin sie besteht. Kommen Sie! Ich zeige Ihnen die Vögel.«

Eines musste man dem Kauz lassen: Man konnte ihm nie lange böse sein, weil er so eine charmante Art hatte, sich zu entschuldigen.

Über eine zweite Zugbrücke, die vom privaten Teil des Schlosses in den Schlosspark führte, brachte mich Graf Joseph in eine entfernt gelegene Region der weitläufigen Grünanlage.

Graureiher, Schwäne und Enten tummelten sich ganz legal in den aufgestauten Gewässern. An einem Teehäuschen vorbei kamen wir zu einer Holzbrücke, die durch ein Gittertor verschlossen war. Hinter der Brücke lag eine Insel, auf der zweieinhalb Meter hohe Hecken wuchsen.

»Ein Labyrinth«, sagte der Graf. »Eine Spielerei meines Uronkels. Er begeisterte sich für den französischen Manierismus, wie so viele in meiner Familie.« Er schloss das Tor auf und hinter uns wieder zu. »Wäre es nicht der perfekte Schutz für meine Vögel, hätte ich es längst abgeschafft.«

Zwanzig Ecken später, nachdem ich die Orientierung vollständig verloren hatte, standen wir vor einer Reihe von Volieren, in denen die farbenprächtigsten Vögel zwitscherten. Unterhalb von Geier und Adler waren fast alle Größen vertreten, allerdings dominierten die kleineren Formate. Einige erinnerten mich an die Wellensittiche, die ich als Kind besessen hatte.

»Keas«, sagte der Graf. »Sie heißen so, weil sie im Flug ihren Namen rufen. Sie gehören zu den Nestorpapageien und leben auf Neuseeland. Von ihnen gibt es noch so viele, dass sie nicht als akut bedroht gelten. Aber dieser Bursche hier, der ist eine absolute Rarität.«

Er zeigte auf ein grüngräuliches Federknäuel, das aussah wie eine Mischung aus Papagei und Pinguin.

»Ein Kakapo«, in seiner Stimme schwang Besitzerstolz mit, »auch Eulenpapagei genannt. Von ihnen gibt es nur noch vierzig, höchstens fünfzig auf der Welt. Wobei *Welt* ein etwas übertriebener Ausdruck ist. Die meisten Kakapos leben auf Codfish Island, einer Insel im Süden von Neuseeland. Es hat mich ein Vermögen gekostet, einen Kakapo zu bekommen.«

»Dadurch, dass Sie zwei Prozent aller Kakapos besitzen, haben Sie das Überleben der Art nicht gerade gefördert«, bemerkte ich.

Der Graf warf mir einen angespannten Blick zu. »Ich weiß, dass ich damit gegen etliche Gesetze verstoßen habe. Auf der anderen Seite sterben jeden Tag ein paar Tier- und Pflanzenarten aus, ohne dass es irgendjemanden kümmert. Und auch die Kakapos werden bald aussterben, falls nicht ein Wunder geschieht.«

»Warum?«

»Weil sie eine der bizarrsten Launen der Evolution sind. Gestatten Sie mir einen kleinen Exkurs?«

Was blieb mir anderes übrig?

»Als die Kontinente auseinander drifteten, entwickelte sich die Tierwelt auf unterschiedliche Weise. Das bekannteste Beispiel ist Australien mit seinen Kängurus und den anderen Arten, die nur dort existieren. Dort, wo große Landmassen der Evolution keine Beschränkung auferlegten, setzten sich die robustesten und intelligentesten Arten durch. In Afrika, zum Beispiel, verdrängten die Affen die Halbaffen, die Lemuren. Lemuren gibt es nur noch auf Madagaskar, wo die Affen nicht hinkamen. Auf Neuseeland lebten fast ausschließlich Vögel, jedenfalls keine Raubtiere. Die brachten erst die europäischen Siedler mit: Hunde, Katzen, Ratten, Wiesel, Opossums. Jahrhunderte mögen für die

Menschheit ein langer Zeitraum sein, für die Evolution sind sie nur ein Augenblick. Neuseelands Vögel hatten vergessen, dass es Feinde gibt. Einige von ihnen, wie der Kakapo, waren so dick und fett geworden, dass sie nicht mehr fliegen konnten. Und dummerweise hat der Kakapo keine Ahnung, was er im Fall eines Angriffs machen soll. Er könnte kämpfen – er hat einen harten und kräftigen Schnabel. Er könnte fliehen – er läuft nämlich ziemlich schnell. Aber er tut beides nicht. Wenn er einem Feind, sagen wir einer Katze, begegnet, dann wartet er ab, was die Katze macht. Sie können sich vorstellen, was das Resultat ist.«

Ich konnte es mir vorstellen.

»Und das ist noch nicht alles«, fuhr der Graf fort. »Der Kakapo hat das absurdeste Balzverhalten aller Tierarten, wenn man mal von gewissen Menschen absieht. Kakapos sind Einzelgänger, sie leben kilometerweit getrennt voneinander. Das Kakapo-Männchen baut für die Paarung eine Kuhle und stößt dann einen Lockruf aus, der sehr tief, an der Grenze des Hörbaren liegt. Dieser Ruf reicht zwar sehr weit, ist jedoch schwer zu orten. Hinzu kommt, dass das Weibchen nur fruchtbar ist, wenn bestimmte Früchte reifen, was äußerst selten der Fall ist. So kann das Männchen monatelang rufen, ohne dass ein Weibchen reagiert. Und wenn es fortpflanzungsbereit ist, findet es die Kuhle des Männchens nicht. Mit dem Erfolg, dass ein Weibchen nur alle drei, vier Jahre ein Ei legt, das meist von einem Räuber gefressen wird. Verstehen Sie jetzt, warum der Kakapo mit großer Wahrscheinlichkeit aussterben wird? Ein letztes Tier seiner Art zu besitzen, ein so wunderschönes Tier wie den Kakapo, ist etwas Großartiges, Herr Wilsberg. Nur vergleichbar mit einem echten Tizian oder da Vinci. Kennen Sie den Dodo?«

»Nicht direkt.«

»Der Dodo war eine große Taube, eine sehr große Taube, so schwer wie eine Gans und deshalb ebenfalls nicht in der Lage zu fliegen. Der Dodo lebte ausschließlich auf Mauritius und hatte keine natürlichen Feinde. Sein Fleisch war zäh und bitter, für die Menschen gab es keinen Grund, ihn zu töten. Trotzdem ist der Dodo im Jahr 1680 ausgestorben. Und wissen Sie, warum? Weil sich die holländischen Kolonialherren einen Freizeitspaß daraus machten, Dodos totzuprügeln.«

Vermutlich hätte er noch stundenlang so weiter dozieren können.

»Den Dodo in Ehren, Herr Graf zu Schwelm-Legden – mich interessieren mehr die kriminalistischen Aspekte der Geschichte. Wie groß ist der Personenkreis, der über Ihre Vögel unterrichtet ist?«

»Nun«, er kehrte seufzend in die heutige Welt zurück, »meine Familie weiß selbstverständlich davon. Dann gibt es zwei Gärtner, die das Labyrinth in Ordnung halten. Die könnten das eine oder andere aufgeschnappt haben und sich ihren Teil denken. Außerdem beschäftige ich einen speziell ausgebildeten Tierpfleger. Das Personal habe ich natürlich zur strengsten Geheimhaltung verpflichtet«, fügte er rasch hinzu.

»Was nicht ausschließt, dass die Gärtner oder der Tierpfleger es ihren Kindern erzählt haben und die wiederum ihren Freunden.«

Der Graf schaute mich mit großen Augen an. »Denkbar wäre es.«

Radikale Tierschützer konnten ein Ansatzpunkt sein. Irgendwo war mir das Stichwort schon mal begegnet. Richtig, jetzt fiel's mir wieder ein: Max Mehring hatte sich am Vortag im Dinklager Moor aufgehalten, zu einem Pressetermin des ...

Wie auch immer der Verein hieß, er kümmerte sich um Natur- und Umweltschutz. Und wer sich für den Erhalt der einheimischen Tierwelt einsetzte, dem lagen wahrscheinlich auch neuseeländische Kakapos am Herzen.

Von meinem Hotelzimmer aus rief ich beim *Disselburger Wochenblatt* an. Das Büro war bereits geschlossen.

Ich suchte Max Mehrings Privatnummer heraus. Nach langem Klingeln nahm jemand ab.

»Ja?« Im Hintergrund dröhnte laute Rockmusik.

»Herr Mehring? Ich bin's, Georg Wilsberg.«

»Der Detektiv!« Er lallte. Und es war noch nicht einmal sieben Uhr.

»Sie waren doch gestern im Dinklager Moor, mit einer Gruppe von Naturschützern ...«

»Richtig.«

»Sind die radikal? Ich meine, würden die für ihre Ziele auch Gewalt ...«

»Nein.« Mehring lachte. »Die sind völlig harmlos. Sorgen sich um Feuchtgebiete, tragen Lurche durch die Gegend und so. Hauptsächlich Jugendliche.«

Jugendliche!

»Wo finde ich diese Gruppe?«

»Es gibt einen Laden im Pfarrheim, für Produkte aus der Dritten Welt, Lamapullover, Kaffee von nicht ausgebeuteten Bauern und so 'n Zeug. Der ist an drei Nachmittagen in der Woche geöffnet.« Er nannte mir die Wochentage. »Da treffen Sie immer welche von denen.«

Ich bedankte mich.

Nach einer ausgezeichneten Lammhüfte im Hotelrestaurant drehte ich meine übliche Runde durch den Schlosspark. Alex van Luyden schlenderte im letzten Zwielicht zwischen den Rosensträuchern herum. Er schaute nicht zu mir herüber, doch ich war sicher, dass er mich genauso beobachtete wie ich ihn.

Die Luft war immer noch erstaunlich mild. Ich zog mich ein bisschen tiefer in den Wald zurück. Von meinem Standpunkt aus konnte ich das Schloss gerade noch sehen. Die Vorderfront wurde von Strahlern angeleuchtet, im Nordflügel, dort, wo die gräfliche Familie wohnte, brannten einige Lichter.

Plötzlich hörte ich ein Knacken, als ob jemand auf einen trockenen Ast getreten wäre. Es konnte von einem Tier stammen oder ...

In der Dunkelheit war kaum etwas zu erkennen. Da, schon wieder ein Knacken. Seitlich von mir bewegte sich etwas. Ich glaubte ein Kichern zu hören, ein helles, jugendliches Kichern. Ein Surren lag in der Luft und dann klatschte ein harter Gegenstand gegen meine Schläfe.

V

Ich hatte keine Ahnung, wie lange ich bewusstlos auf dem Waldboden gelegen hatte, aber vermutlich waren es nicht mehr als ein paar Minuten gewesen. Denn so lange brauchte ein Polizeiwagen von Disselburg bis zum Schloss. Die näher kommende Polizeisirene ließ darauf schließen, dass wieder ein Schlossfenster zu Bruch gegangen war, unmittelbar nach meiner Niederstreckung, wie ich annahm.

Das alles ging mir innerhalb weniger Sekunden durch den Kopf. Dankbar registrierte ich, dass mein Gehirn noch vollkommen klar funktionierte. Wie es um die übrigen Teile meines Körpers stand, musste ich noch herausfinden.

Über mir funkelten Sterne durch das Walddach, so hell und scharf, wie das im Mief einer Großstadt nie möglich war. Mit etwas mehr Kenntnis von Sternbildern hätte ich sogar sagen können, ob ich gerade den Kleinen Bären oder den Großen Wagen betrachtete.

Ächzend brachte ich mich in eine sitzende Position. Die abrupte Bewegung provozierte einen stechenden Schmerz an der Schläfe. Ich betastete die Stelle, an der mich der Stein oder was auch immer getroffen hatte, und fühlte eine dicke Blutkruste. Auch das Haar war blutverklebt. Ich wischte mit einem Papiertaschentuch daran herum, ohne große Hoffnung, mein Aussehen entscheidend verbessern zu können.

Schließlich sah ich ein, dass es keinen Grund gab, weiter im Wald herumzusitzen. Ich rappelte mich auf und wankte zum Schloss zurück. Der pochende Kopfschmerz wurde durch die kühle Nachtluft ein wenig gelindert. Als ich in den Bereich der Scheinwerfer kam, entfernte ich Blätter und gröbere Dreckklumpen von meiner Kleidung. Danach fühlte ich mich halbwegs bereit, mich meiner Niederlage zu stellen.

Der Polizeiwagen traf gleichzeitig mit mir im Innenhof der Vorburg ein. Oberkommissar Fahlenbusch sprang heraus und musterte mich skeptisch.

»Was haben Sie denn gemacht?«

»Meine Arbeit«, sagte ich trotzig.

»Und? Haben Sie die Täter gesehen?«

»Nein. Es war zu dunkel.«

Fahlenbusch schüttelte mitleidig den Kopf, so als habe er nie etwas anderes erwartet.

Der Graf, schon wieder oder immer noch korrekt gekleidet, erwartete uns ungeduldig vor dem Portal. Zu seinen Füßen stand ein großer, erheblich ramponierter Karton, dessen Pappwände teilweise zerfetzt und angekokelt waren.

Im Gegensatz zu Fahlenbusch zeigte Graf Joseph eine menschliche Regung.

»Sind Sie verletzt?«, fragte er besorgt.

»Halb so schlimm«, antwortete ich. »Es geht schon wieder.«

»Was ist passiert?«, fuhr Fahlenbusch dazwischen. Sorge um meine Gesundheit hielt er offenbar für überflüssig.

»Es gab einen Knall«, berichtete der Graf. »Im ersten Moment dachte ich an eine Explosion und befürchtete das Schlimmste. Eine Sprengstoffladung oder so etwas. Aber es war nur ein Silvesterböller. Sie haben die Zündschnur verlängert und den Knaller in diesem Karton deponiert.«

Der Oberkommissar beugte sich über die Kiste. »Was ist das denn?«

Ich schaute ebenfalls hinein. Auf dem Boden der Pappschachtel lag ein länglicher, weiß schimmernder Knochen.

Die Stimme des Grafen vibrierte: »Es sieht aus wie der Oberschenkelknochen eines Primaten. Er könnte von einem Menschenaffen stammen – oder von einem Menschen.«

»Von einem Menschen?« Fahlenbusch verlor für einen Moment seine bräsige Selbstsicherheit. »Aber ... der ist ja ganz glatt.«

»Falls es sich um einen menschlichen Knochen handelt, ist sein Besitzer sehr wahrscheinlich schon längere Zeit tot«, erklärte der Graf sachlich.

»Verdammt, was soll das?«, fluchte Fahlenbusch. »Diese Typen sind wohl völlig übergeschnappt.« Er schaute den Schlossherrn an. »Können Sie damit etwas anfangen?«

»Nicht das Geringste. Vielleicht gibt uns die neue Botschaft Aufschluss. Sehen Sie, an der Seitenwand klebt ein Blatt Papier.«

Ich trat vor.

»Nicht anfassen!«, kommandierte Fahlenbusch. Er zog zwei Plastikhandschuhe aus der Tasche und streifte sie über. Dann langte er in die Kiste, holte das Papier heraus und las vor: »*Zahlen Sie jetzt?*« Enttäuscht warf er den Zettel in den Karton zurück. »Der übliche Schmus. Und kein Wort darüber, was der Quatsch bedeuten soll.«

»Nein, das hilft uns nicht weiter«, bestätigte der Graf.

Fahlenbusch klemmte sich den Karton unter den Arm. »Ich werde den Knochen untersuchen lassen. Sie hören von mir. Ein Glück, dass es diesmal keine Sachbeschädigung gegeben hat.«

»Dafür eine mittelschwere Körperverletzung«, brachte ich mich in Erinnerung.

Er rümpfte die Nase. »Wenn ich das zu Protokoll nehmen soll, brauche ich ein ärztliches Attest. Sie können ja auch gegen einen Baum gelaufen sein.«

»Sehr witzig, Herr Oberkommissar.«

Er gab sich großzügig: »Nun sagen Sie schon: Was ist Ihnen zugestoßen?«

Ich sagte es ihm.

»Hmm. Standen Sie vielleicht im Weg, als die auf das Schloss gezielt haben?«

»Ich finde, Sie gehen ein bisschen zu weit, Herr Fahlenbusch«, mischte sich der Graf ein. »Herr Wilsberg arbeitet für mich. Ich erwarte, dass Sie seine Aussagen ernst nehmen.«

Fahlenbusch schluckte. Mich herunterzuputzen war eine Sache. Gegenüber dem Grafen den Großkotz zu markieren eine andere.

»Würden Sie die Stelle wieder finden, wo es passiert ist?«

»Ich bin mir nicht sicher. Es war, wie gesagt, ziemlich dunkel.«

»Dann können wir uns die Spurensicherung ja sparen.« Er tippte an seine Schirmmütze. »Und vergessen Sie das Attest nicht!«

So war er nun mal, der gute Oberkommissar Fahlenbusch.

Der Graf und ich sahen zu, wie der Chef der Disselburger Polizei zu seinem Dienstwagen trabte.

»Fahlenbusch scheint Sie nicht zu mögen«, bemerkte der Schlossherr.

»Sieht so aus.«

»Was hat er gegen Sie?«

»Ich glaube, das ist nichts Persönliches. Die meisten Polizeibeamten mögen keine Privatdetektive.«

Der Polizeiwagen verließ den Innenhof.

»Was haben Sie eigentlich da draußen gemacht? Ich dachte, Sie wollen nicht den Nachtwächter spielen.«

»Zufall«, gestand ich. »Ich habe einen Spaziergang

gemacht, dabei muss ich den Tätern über den Weg gelaufen sein.«

Ich schaute ihn an. »Und Sie haben wirklich keine Ahnung, was der Knochen bedeutet?«

»Warum sollte ich lügen, Herr Wilsberg?«

Ich verkniff mir die Bemerkung, dass er nicht immer aufrichtig zu mir gewesen war, zum Beispiel was seine gefiederten, illegalen Freunde anging.

»Die Leiche«, dachte ich laut, »*Wir haben die Leiche gefunden* – so lautete die vorletzte Botschaft. Jetzt bekommen Sie sie stückweise zugeschickt. Die Leiche ist keine Metapher, wie ich zuerst dachte, sondern etwas sehr Reales. Es sieht so aus, als wollten die Erpresser Sie mit einem Verbrechen in Verbindung bringen.«

»Ich bitte Sie!« Die Stimme des Herrn zu Schwelm-Legden klirrte frostig. »Auf dem Friedhof gibt es eine Menge Leichen. Wer keine Mühe und Skrupel scheut, kann dort einen Knochen ausgraben. Niemand würde ihn vermissen.«

Das Argument überzeugte mich nicht. Ich erinnerte mich an das Kichern, das ich vor meinem K. o. gehört hatte, ein Kichern, das sehr jugendlich geklungen hatte. Kein Widerspruch also zu den bisherigen Erkenntnissen. Nur – wie passte die Leiche ins Bild? Und wem hatte der Knochen zu Lebzeiten gehört?

Als ich aufwachte, wurde im Hotelrestaurant bereits das Mittagessen serviert. In der vergangenen Nacht hatte ich zwei Aspirin eingeworfen, mich unter die Dusche gestellt und das Schild *Bitte nicht stören!* an die Türklinke gehängt. Jetzt verordnete ich mir das gleiche Programm, mit Ausnahme des Schildaufhängens.

Anschließend fühlte ich mich wieder mittelmäßig lebendig. Verglichen mit Axel Schulz nach seinem letzten Kampf sah ich nicht einmal besonders lädiert aus. Wenn ich meine Haare geschickt kämmte, war das Pflaster an der Schläfe kaum zu sehen.

Ich verzichtete auf das Mittagessen und nahm nur ein Käsebrötchen und einen Cappuccino im Hotelcafé. Dann fuhr ich nach Disselburg.

Es war Donnerstagnachmittag, einer der Nachmittage, an denen nach Auskunft von Max Mehring der Dritte-Welt-Laden im Pfarrheim geöffnet hatte.

Das Pfarrheim kannte ich schon von Frau Klompstetters neunzigstem Geburtstag. Der Dritte-Welt-Laden, der in Wirklichkeit *Eine-Welt-Laden* hieß, lag etwas versteckt auf der Rückseite des Gebäudes und hatte einen eigenen Eingang.

Als ich die Tür öffnete, fühlte ich mich um fünfundzwanzig Jahre zurückversetzt. Es roch nach Tee und Räucherstäbchen, eine Geruchskombination, von der ich angenommen hatte, dass sie vom Hauch der Geschichte fortgeweht worden wäre. Damals, in den frühen siebziger Jahren, hatten wir in Teestuben gehockt, revolutionäre Reden geschwungen und Joints kreisen lassen. Die Räucherstäbchen brannten für den Fall, dass vorwitzige Eltern ihre Nasen in unsere Zusammenkünfte stecken sollten.

Der Geruch kam allerdings nicht aus dem winzigen Laden, sondern entströmte dem größeren Raum nebenan, in dem sich eine Horde junger Menschen auf alten Sofas und Sesseln lümmelte und sich aus Steingutschalen aromatisch duftenden Tee zuführte. Im Gegensatz zu dem lichtdurchfluteten Laden waren dort die Vorhänge zugezogen, funzelige Lampen erweckten den Schein einer kuscheligen Abendrunde.

Eine Frau, die ich auf Ende zwanzig schätzte und die damit erheblich älter aussah als die meisten anderen Gestalten, die schemenhaft zu erkennen waren, kam zu mir in den Laden.

Ich hoffte inständig, dass sie nicht mit dem Satz beginnen würde: *Sind Sie nicht der Detektiv ...*

Sie sagte: »Kann ich Ihnen helfen?«

Ich lächelte sie an und erzählte die Geschichte, die ich mir zurechtgelegt hatte: Ich sei vor einigen Wochen in eine Nachbargemeinde von Disselburg gezogen und suchte eine neue Betätigung für eine meiner größten Leidenschaften: den Tierschutz, insbesondere den Erhalt der einheimischen Vogelwelt. Nun habe mir ein Nachbar von dem Verein für Naturschutz in Disselburg erzählt und dass ich hier im *Eine-Welt-Laden* mit dem Verein in Kontakt treten könne.

»Das stimmt.« Sie warf einen unsicheren Blick über die Schulter. Anscheinend hatte sie die Befürchtung, dass ich für die Teerunde entschieden zu alt war.

»Ich selbst bin nicht Mitglied in dem Verein, aber in der Crew des *Eine-Welt-Ladens* arbeiten etliche Naturschützer mit. Hauptsächlich die jüngeren«, fügte sie rasch hinzu. »Im Verein gibt es natürlich auch ältere Mitglieder.«

»Das habe ich mir schon gedacht.« Ich lächelte unentwegt weiter.

»Soll ich Ihnen ... jemanden vorstellen?«

»Das wäre sehr nett von Ihnen.«

Sie stellte sich in den Eingang zum größeren Raum und rief: »Ina, Yvonne, könnt ihr mal kommen?«

Zwei Teenies, deren blasse Haut auffallend mit ihren schwarzen Gewändern kontrastierte, begutachteten mich mit kaum verhohlener Skepsis. Die Ladenchefin stellte sie vor und sagte dann: »Der Herr ...«

»Albers«, lächelte ich.

»... möchte etwas über den Verein für Naturschutz erfahren. Da könnt ihr ihm doch weiterhelfen.«

Die Teenies nickten, nun weniger skeptisch.

Ich wiederholte meine Geschichte. Die Ladenchefin hatte sich inzwischen an die kleine Theke des Ladens begeben und kontrollierte eine Liste, wobei sie sich kein Wort unseres Gespräches entgehen ließ.

»Für Vögel machen wir auch Lobby«, sagte Ina. »Aber unser Aktionsschwerpunkt ist im Moment das

Dinklager Moor. Durch das Moor soll eine Umgehungsstraße gebaut werden. Verstehen Sie, was das bedeutet? Das Moor ist unheimlich wichtig für Kröten, Vögel und andere Tiere. Da wird brutal Lebensraum vernichtet, nur damit die Autos schneller um Disselburg herumkommen.«

»Eine Schande, dass so ein Feuchtgebiet nicht erhalten wird«, pflichtete ich bei.

»Da haben Sie Recht«, sagte Yvonne. »Wir planen eine Aktionswoche, mit Unterschriftenliste und so. Wir sind froh über jeden, der mitmacht.«

Ich versicherte, dass ich darüber nachdenken würde, und sie erzählten, wann und wo das nächste Vereinstreffen stattfinden sollte.

»Aber, abgesehen vom Dinklager Moor«, versuchte ich es noch einmal, »mein Spezialgebiet sind nun mal Vögel, genauer gesagt, bedrohte Vogelarten. Ich kenne fast jeden Vogel auf der Welt. Und schlimm finde ich, wenn sich so genannte Tierliebhaber hier bei uns über dunkle Kanäle Vögel besorgen, die auf der Artenschutzliste stehen.«

Inas Interesse ließ sichtbar nach. »Ja, schon«, sagte sie lahm. »Andererseits können wir nicht alles gleichzeitig machen. Im Moment ist das Dinklager Moor angesagt. Wenn wir geschafft haben, dass es erhalten bleibt, sehen wir weiter.«

»Gibt es denn in eurem Verein Vogelexperten, mit denen ich mich austauschen könnte?«

Ina schaute Yvonne an.

»Nee«, sagte Yvonne. »Jedenfalls keinen, der so viel Ahnung von Vögeln hat wie Sie.«

Einen Versuch war es immerhin wert gewesen. Vom Pfarrheim ging ich zum Büro des *Disselburger Wochenblattes*. Ich war gespannt, wie Max Mehring auf den Knochenfund reagieren würde.

Beim *Disselburger Wochenblatt* herrschte Hochbetrieb.

Die neue Ausgabe war aus der Druckerei eingetroffen und Horst Hartmann, dicke Schweißperlen auf der Stirn, organisierte die Verteilung. Schüler und Menschen mit dunkleren Hautfarben stopften Zeitungspakete in fahrbare Einkaufstaschen.

»Max hat heute seinen freien Tag«, sagte Hartmann, nachdem sich das Ladenlokal geleert hatte. »Aber heute Abend muss er noch mal ran. Da findet im Rathaus die Gemeinderatssitzung statt.« Er wischte sich den Schweiß von der Stirn. »Es geht um die neue Umgehungsstraße. Wichtige Sache.«

Ich klemmte mir eine Zeitung unter den Arm und schlenderte durch die Fußgängerzone. Beim Schlendern wählte ich Mehrings Privatnummer. Er war nicht zu Hause oder nahm nicht ab.

Nun gut, dann würde ich eben die Gemeinderatssitzung besuchen. Es gab Schlimmeres, zum Beispiel in dunklen Parks von attentäterischen Erpresser-Jugendlichen niedergeschlagen zu werden.

Bei einem Eiskaffee, den ich unter dem Sonnenschirm meines Lieblings-Italieners einnahm, las ich das *Wochenblatt*. Aufmacher war ein Artikel über eine »staatlich anerkannte« Wahrsagerin, die im Gasthof Börding logierte und möglichst vielen Disselburgern die Karten legen wollte, gegen Bares selbstverständlich. Ein Bericht über die positiven Aussichten für die diesjährige Kartoffel- und Zuckerrübenernte war garniert mit einem Foto des Disselburger Bauernvereins-Vorsitzenden. Anton Legemann-Wiesinger sah aus wie eine Riesenkartoffel im Flanellhemd. Auf Seite drei gab es ein vierspaltiges Foto, das einen blonden Pummel zeigte, der mit verkniffenem Gesichtsausdruck versuchte, einen Fußball zu treffen. Die Unterzeile lautete: »Dennis Huckebrink trug wesentlich dazu bei, die E-Jugend von TuS Disselburg 09 zum 3:2-Sieg zu schießen.«

Der Artikel über das Dinklager Moor war auf einer der hinteren Seiten versteckt. Naturschutz galt unter

Zeitungsbesitzern nicht als das beste redaktionelle Umfeld für Anzeigen. Doch immerhin hatte sich Mehring bemüht, die Argumente der Naturschützer sachlich aufzulisten. Am Ende kam dann allerdings Bürgermeister Huckebrink zu Wort: »Menschen sind wichtiger als Kröten. Disselburg braucht eine Umgehungsstraße.«

Im Rathaus kochte des Volkes Stimmung. Hinter den im Kreis aufgestellten Sesseln der Ratsmitglieder gab es drei dicht besetzte Zuschauerbänke. Auf der einen Seite erkannte ich Yvonne, die zusammen mit anderen Naturschützern ein Transparent hoch hielt, das die Aufschrift *Rettet das Dinklager Moor!* trug. Was einer anderen Gruppe von Zuschauern nicht zu gefallen schien, die die Krötenfreunde mit giftigen Kommentaren überschüttete. Nicht schwer zu erraten, dass es sich um die Befürworter der Umgehungsstraße handelte.

Horst Hartmann, der sein Hemd gewechselt hatte, aber auch das neue bereits heftig voll schwitzte, saß unter den Ratsmitgliedern. Max Mehring dagegen war nicht zu sehen.

Ich nahm auf der noch leeren Pressebank Platz. Die Luft war zum Schneiden stickig.

Nach und nach füllten sich die Sessel der Volksvertreter. Eine, mit der ich nicht gerechnet hatte, war Anke Schwelm. Sie winkte den Naturschützern zu und machte, nachdem sie mich entdeckt hatte, einen kleinen Umweg.

»Interessieren Sie sich für Politik?«

»Nicht unbedingt. Ich warte auf Max Mehring.«

»Ach, der Max. Der darf ja nur schreiben, was sein Chef ihm erlaubt.«

»Hartmann?«

Sie nickte. »Dreimal dürfen Sie raten, für welche Partei Hartmann im Rat sitzt. Für die, die überall im Münsterland das Sagen hat.«

»Und Sie?«

Sie grinste. »Ich vertrete die Grünen. Wir haben zwar keinen Einfluss, doch ich hoffe, es gelingt uns heute, die Betonfraktion mächtig zu ärgern. Die Bürgerinitiative für das Dinklager Moor macht ihnen schwer zu schaffen. Da sind ein paar ehrenwerte Bürger drunter, die sie nicht einfach als Radikale abstempeln können.«

Bürgermeister Huckebrink schlug gegen eine Glocke, bat um Ruhe und eröffnete die Sitzung. Anke Schwelm eilte zu ihrem Sessel und dann erschien auch Max Mehring.

Er sah angespannt aus, begrüßte seinen Chef mit einem stummen Blick und setzte sich neben mich.

Ich reichte ihm die Hand. »Können wir kurz miteinander reden?«

Er schüttelte den Kopf. »Jetzt nicht. Ich muss zuhören. In der Sitzungspause.«

Zwangsläufig hörte ich ebenfalls zu. Und allmählich begriff ich, dass eigentlich alle für eine Umgehungsstraße waren. Es gab allerdings die Alternative zwischen einer ortsnahen Umgehung, die haarscharf an den Außenbezirken von Disselburg vorbeiführte und die dort ansässigen Hausbesitzer auf die Palme brachte, und einer ortsfernen Umgehung, die das Dinklager Moor zerschnitt und für die Naturschützer inakzeptabel war.

Die Diskussion unter den Ratsmitgliedern wogte heftig bis beleidigend hin und her, häufig unterbrochen von Buh-Rufen und frenetischem Klatschen der Zuschauer. Bürgermeister Huckebrink bimmelte seine Glocke heiser, während er versuchte, die Gemüter zu beruhigen.

Am Ende empfahl eine Mehrheit des Gemeinderates dem Kreistag in Bocholt, die ortsferne Umgehungsstraße durch das Dinklager Moor zu bauen. Die CDU und ein Großteil der SPD stimmten dafür, ein paar SPD-Dissidenten und die Grünen dagegen.

Erschöpft, aber mit der Genugtuung des Siegers verkündete Huckebrink eine Sitzungspause.

Mehring, der eifrig mitgeschrieben hatte, winkte mich nach draußen. Im Vorraum suchten wir uns eine stille Ecke. Ich steckte mir einen Zigarillo in den Mund und wollte gerade loslegen, als Anke Schwelm sich neben uns aufbaute.

Ihr Gesicht war vor Aufregung gerötet. »Hallo, Max!«

»Hallo, Anke!«, sagte Mehring verlegen.

»Na, was schreibst du jetzt? Die Vernunft hat gesiegt oder so einen Quatsch?«

»Anke, du weißt genau ...«

»Ich weiß, dein Onkel Horst pfeift und du machst Männchen.«

»Anke!«

»Ach, vergiss es!« Sie drehte sich auf dem Absatz um.

»Die hat gut reden.« Mehring strich sich die Haare aus der Stirn. »Wenn ich Ladenbesitzer wäre und demnächst halb Disselburg erben würde, könnte ich mir auch eine eigene Meinung erlauben.«

Er tat mir Leid, wenn auch nicht allzu sehr.

Und endlich kam ich dazu, ihm von dem Knochen zu erzählen, den die Erpresser vor dem Schlossportal deponiert hatten.

Mehring wurde bleich. »Ein Knochen? Was für ein Knochen?«

»Das wird noch untersucht. Sieht allerdings aus wie ein Menschenknochen.« Dann erwähnte ich die vorletzte Botschaft, die von der gefundenen Leiche. »Können Sie damit etwas anfangen?«

Er verdrehte die Augen, so dass ich fürchtete, er könnte zusammenbrechen.

»Geht es Ihnen nicht gut?«

Er fasste sich wieder. »Nein, nein, es ist nichts. Ich habe nur zu wenig geschlafen und zu wenig gegessen.«

»Und?«

»Was wollen Sie hören? Ein Knochen! Mein Gott, das ist doch verrückt!«

»Offensichtlich wollen die Erpresser den Grafen mit

einer Leiche in Verbindung bringen. Geht es um einen Mord? Und wer könnte gestorben sein? Überlegen Sie mal! Gab es irgendjemanden in Disselburg, der in den letzten Jahren auf merkwürdige Weise ums Leben gekommen ist?«

Er tat so, als würde er nachdenken. »Sorry, Herr Wilsberg. Dazu fällt mir nichts ein.«

Max Mehring mochte viele Fähigkeiten haben, aber lügen konnte er nicht besonders gut.

Die Fortsetzung der Gemeinderatssitzung schenkte ich mir. Ein spätes Abendessen im Hotelrestaurant schien mir weitaus verlockender.

Auf der hölzernen Zugbrücke blieb ich einen Moment stehen. Es war fast dunkel. Über dem Schlosspark lag, wie immer um diese Tageszeit, eine friedliche Stimmung. Im Turmatelier von Alex van Luyden brannte Licht.

Das brachte mich auf eine Idee. Ich beschloss, vor dem Essen dem Künstler meine Aufwartung zu machen.

Ich musste lange klopfen, bis die schwere Holztür aufgerissen wurde.

Er betrachtete mich von oben bis unten, seine dunklen Augen glühten.

»Was wollen Sie? Ich bin bei der Arbeit.«

»Entschuldigen Sie, Herr van Luyden. Mein Name ist Wilsberg. Ich ...«

»Ich weiß, wer Sie sind«, unterbrach er mich. »Mein Vater hat mir von Ihnen erzählt.«

»Es tut mir Leid, wenn ich Sie gestört habe. Ich dachte, Sie könnten mir vielleicht helfen. Und da wir uns im Park schon einige Male über den Weg gelaufen sind ...«

Er schnaufte. »Kommen Sie rein! Jetzt haben Sie mich sowieso aus der Konzentration gerissen.«

Eines hatte er mit Oberkommissar Fahlenbusch gemein: Er war kein Charmeur. Und doch wirkte er auf mich nicht annähernd so unfreundlich. Es lag wohl an seinen Augen, den Augen eines einsamen Menschen, der sich hinter Grobheit versteckte.

Das Atelier war beeindruckend. Ein runder, mindestens vier Meter hoher Raum, vollkommen weiß gekalkt und spärlich möbliert. Ein Sessel, eine Liege, ein Schrank für die Malutensilien, das war alles. Ein paar Bücher, Kerzen und Weinflaschen lagen und standen auf dem Boden. Es gab keinerlei Ablenkung, keinen Fernseher, kein Radio, keinen CD-Player. Nur die Bilder, die dicht nebeneinander an den Wänden hingen. Schreckliche Bilder, Bilder voller Blut und Fratzen. Geschundene, aufgeplatzte Leiber, manchmal ineinander verknäult, schemenhafte Gesichter, die wie Symbole für Angst und Schrecken wirkten.

»Wie gefallen sie Ihnen?« Es sollte beiläufig klingen. Doch wie jeder Künstler gierte Alex van Luyden nach Lob.

»Ich habe nicht viel Ahnung von Kunst«, wich ich aus. »Ich bin nur ein einfacher Detektiv.«

»Kunst ist keine Frage von Wissen. Kunst richtet sich an die Sinne.«

»Die Bilder gehen unter die Haut«, sagte ich. »Sie erinnern mich an meine schlimmsten Albträume.«

»Flusslandschaften mit Pferden gibt's in jedem Postershop.« Er war enttäuscht.

»Nein, sie gefallen mir wirklich gut«, log ich. »Ich frage mich nur, wie Sie das aushalten, so etwas zu malen.«

»Gibt es da draußen nicht Kitsch genug? Schauen Sie aus dem Fenster! Der Park – reiner Kitsch. Das Schloss – zuckersüß. Ein Künstler muss in der Hölle leben, um wirklich Großes zu vollbringen. Die Einsamkeit ist sein Schicksal.«

Die Brummigkeit vom Anfang war gewichen. Stattdessen begeisterte er sich jetzt an seiner eigenen Tragik. Aber eine Diskussion über das Künstlerleben im Allgemeinen war mir ein zu hoher Preis für sein Wohlwollen. Ich musste ihn schnell wieder auf den Boden der Tatsachen bringen.

»Leben Sie ständig hier?«

»Ich habe noch ein Zimmer im Hotel. Manchmal bleibe ich auch die Nacht über hier. Ich brauche nicht viel zum Leben.«

»Viele Künstler würden Sie um dieses Atelier beneiden.«

Er lachte. »Sie haben Recht. Der Graf und mein Vater unterstützen mich finanziell. Objektiv entspreche ich dem Klischee des Bohemien, der auf Kosten anderer lebt. Aber das ist nur die halbe Wahrheit. Ich könnte auch in einem Kellerloch hausen. Ob sich meine Bilder verkaufen oder nicht, spielt für mich keine entscheidende Rolle.« Er legte seine Hand auf die Brust. »Ich muss von meiner Kunst überzeugt sein. Das allein zählt.«

Ich nickte und kam unvermittelt zur Sache. »Abends sind Sie oft im Park. Haben Sie da nie etwas bemerkt?«

Er wich meinem Blick aus. »Ich finde die Aufregung über ein paar eingeschossene Fenster übertrieben. Um ehrlich zu sein, ich hege sogar eine gewisse Sympathie für diejenigen, die das machen. Destruktion eines Märchenschlosses – das ist doch ein künstlerischer Akt, eine Art Happening.«

»Sie wissen also, wer die Täter sind?«

»Nein, das weiß ich nicht. Es interessiert mich auch nicht.«

»Entschuldigung«, sagte ich hart. »Wir reden hier nicht über Kunst. Wir reden darüber, dass Menschen terrorisiert und erpresst werden. Menschen, denen Sie einiges verdanken.«

Alex kaute auf seiner Unterlippe. »Halten Sie mich nicht für undankbar, Herr Wilsberg. Der Graf ist ein Mann mit zwei Gesichtern. Sie sehen in ihm den freundlichen älteren Herrn. Das ist er, zweifellos. Aber er kann auch brutal sein.«

»Wie meinen Sie das?«

Sein Gesicht zuckte. »Es gab mal einen Jagdaufseher, der für den Grafen gearbeitet hat. Der Mann hat seine Arbeit gut gemacht, es war ihm nichts vorzuwerfen. Der Graf hat ihn weggejagt, von heute auf morgen, wegen einer läppischen Geschichte.«

»Was ist aus dem Jagdaufseher geworden?«

Alex hob die Schultern. »Er ist verschwunden. Einige sagen, er sei nach Australien ausgewandert. Ich habe nichts mehr von ihm gehört.«

»Glauben Sie, der Mann hat etwas mit den Anschlägen zu tun? Könnte er dahinter stecken?«

»Ich glaube gar nichts.« Aus den Augen des Künstlers verschwand die Erinnerung. »Und jetzt muss ich arbeiten.«

Nach einem schlichten Salat mit hausgebeiztem Lachs drehte ich meine obligatorische Runde. Da es inzwischen stockdunkel war, mied ich das Unterholz und blieb auf den breiten Wegen. Ich dachte über den Fall nach, den ich zu lösen hatte. Und damit begann schon die Schwierigkeit. Wonach suchte ich überhaupt? Was als netter, kleiner Erpressungsfall begonnen hatte, zerfaserte immer mehr. Da gab es die illegalen Vögel des Grafen, die vielleicht, vielleicht aber auch nicht zu den Naturschützern führten. Hinzu kam ein spurlos verschwundener Jagdaufseher. Nicht zu vergessen die Leiche, eine offensichtlich sehr alte Leiche, die womöglich mit einem Mord zusammenhing. Gab es eine Verbindung zwischen diesen Spuren, und wenn ja, worin bestand diese Verbindung? Hatte der Graf seinen Jagdaufseher umgebracht? Und bestrafte ihn Alex van Luyden dafür, indem er so tat, als sei er ein jugendlicher Erpresser? Nein, das war zu absurd.

Sicher war ich mir nur in der Vermutung, dass einige Leute etwas verschwiegen. Der Graf und Alex van Luyden wussten mehr, als sie zugaben. Und Max Mehring hatte sehr merkwürdig reagiert, als ich ihm von dem Knochen erzählte.

Hinter mir erklang eine Fahrradklingel, und ich wich zur Seite. Ein Mädchen und ein Junge fuhren an mir vorbei. Sogar im Mondlicht erkannte ich das Mädchen. Es handelte sich um Ina, die Naturschützerin aus dem *Eine-Welt-Laden*.

Manchmal muss man als Detektiv etwas Unlogisches tun, vor allem, wenn man in einer Sackgasse gelandet ist und keinen vernünftigen Anknüpfungspunkt mehr hat.

Mittlerweile hatte ich den Schlosspark verlassen und befand mich auf der Straße, die nach Disselburg führte. Gar nicht weit entfernt lag der Besucherparkplatz des Schlosses, auf dem mein Auto stand.

Ich sprintete also zum Parkplatz und verfolgte zwei Jugendliche, die friedlich auf ihren Fahrrädern nach Hause fuhren.

Kurz vor Disselburg hatte ich sie eingeholt. Meine Eile war allerdings völlig überflüssig gewesen, denn bevor sie in das Licht der Straßenlaternen eintauchten, lieferten sie sich noch eine längere Abschieds- und Kussszene, die ich mit ausgeschaltetem Motor und gelöschten Lampen beobachtete.

Dann trennten sich die beiden und ich folgte Ina, die zu ihrem Elternhaus fuhr, das Fahrrad in die Garage schob und im Hausinneren verschwand.

Ich wartete ein paar Minuten, bevor ich mir das Namensschild unter der Klingel genauer ansah. Fast hätte ich laut aufgelacht. Ina hieß mit Nachnamen Fahlenbusch.

Im Hotel lieh ich mir ein Telefonbuch und schlug die Disselburger Fahlenbuschs auf. Es gab einige, nur nicht mit Inas Adresse. Das ließ nur einen Schluss zu: Ina war die Tochter vom Oberkommissar. Als Leiter der Disselburger Polizeistation stand Fahlenbusch mit Sicherheit nicht im Telefonbuch.

VI

Am nächsten Morgen quälte ich mich früh aus dem Bett. Statt eines Frühstücks nahm ich nur einen doppelten Espresso. Danach fühlte ich mich zwar noch nicht wach, aber immerhin in der Lage, ein Auto zu fahren.

Über den Gräften, die das Schloss umgaben, lag dünner Nebel. Es roch nach Herbst, obwohl es immer noch warm war.

Um halb sieben parkte ich fünfzig Meter vom Haus der Fahlenbuschs entfernt. Ich gähnte ein paar Mal, schützte meine lichtempfindlichen Augen mit einer Sonnenbrille und wartete.

Viertel vor sieben trat Oberkommissar Fahlenbusch vor die Tür. Er trug das dezente Grün der deutschen Polizei und eine schwarze Aktentasche. Mit federnden Schritten, die ihn als unverbesserlichen Frühaufsteher entlarvten, eilte er zur Garage.

Ein blauer Mittelklasse-Kombi wurde sichtbar und ich rutschte unter das Lenkrad.

Ein paar Minuten später folgte Ina. Mit geschultertem Rucksack trabte sie zu der Bushaltestelle an der Hauptstraße, wo sich bereits eine Traube von Schülern versammelt hatte. Ina begrüßte ein anderes Mädchen und dann kam auch schon der Bus. Ich ließ ihm genügend Vorsprung, lediglich an den Haltestellen fuhr ich etwas dichter auf, um Inas Ausstieg nicht zu verpassen.

Der erfolgte erst zwanzig Minuten später in Bocholt, unweit eines grauen Gebäudekomplexes aus Waschbeton, so hässlich, dass er unschwer als eine in den siebziger Jahren erbaute Schule zu identifizieren war.

Nachdem der Unterricht begonnen hatte, näherte ich mich dem Architektur-Mahnmal. Es handelte sich um das Alfred-Nabbe-Gymnasium, ein Name, der mir nicht das Geringste sagte. Ich tröstete mich damit, dass Alfred Nabbe wahrscheinlich eine Lokalgröße gewesen war, ein berühmter Bürgermeister oder der letzte Bocholter Olympiasieger von 1936.

Im Inneren war das Alfred-Nabbe-Gymnasium eitergelb und gallegrün angestrichen, Farben, die Schüler und Lehrer daran erinnern sollten, dass eine Schule kein Ort zum Wohlfühlen war.

Ich fand das Sekretariat und setzte meinen harten, absolut humorlosen Blick auf.

»Kriminalpolizei«, knurrte ich die erschrockene Sekretärin an. Bevor sie auf dumme Gedanken kam, schwenkte ich kurz meinen Polizeiausweis vor ihrem Gesicht. Den Ausweis hatte ich für drei Mark in einem Fun-Shop erstanden.

Die Sekretärin war beeindruckt.

Ich sah mich um, als fürchtete ich Mithörer. »Ich muss mit dem Klassenlehrer von Ina Fahlenbusch sprechen.«

Sie nickte mit offenem Mund.

»Können Sie den Namen für mich herausfinden?«

»Ja, natürlich. In welche Klasse geht die Fahlenbusch?«

»Wenn ich das wüsste, wäre ich nicht hier, oder?«

Sie stürzte zu ihrem Computer, blieb unterwegs stehen und zeigte mit zitterndem Finger auf eine Seitentür. »Wollen Sie nicht zuerst mit dem Direktor reden? Er ist in seinem Büro.«

Ich winkte sie zur Theke zurück und beugte mich vor, so dass mein Mund dicht vor ihrem Ohr schwebte: »Fahlenbusch ist ein Kollege. Wir wollen jedes Aufsehen vermeiden. Je weniger davon wissen, desto besser, verstehen Sie?«

Auf ihrer Stirn bildete sich ein Schweißfilm. In Gedanken feilte sie bereits an der Geschichte, die sie am Abend ihrem Mann erzählen würde.

»Ina Fahlenbusch geht in die 11c«, verkündete sie

kurze Zeit später. »Ihre Klassenlehrerin ist Frau Schmidt, Christine Schmidt. Soll ich sie ausrufen?«

»Nein, nein«, wehrte ich ab. »Das wäre zu auffällig. Wir machen das so: Zur großen Pause komme ich zurück und Sie lotsen Frau Schmidt aus dem Lehrerzimmer hierher. Darf ich Ihnen das zumuten?«

»Das ist doch gar nichts«, strahlte die Sekretärin, die sich immer besser in ihrer Rolle als Hilfsorgan der Staatsgewalt zurechtfand.

Ich nickte gewichtig. »Und kein Wort an Außenstehende. Auch nicht ...« Ich deutete zum Direktorenzimmer.

Bis zur großen Pause hatte ich genug Zeit für ein Frühstück. In der Nähe der Schule entdeckte ich eine Bäckerei mit Stehcafé. Nach dem Luxus des Schlosshotels, mit Leinendecken und ewig lächelnden Kellnerinnen, war es ganz erholsam, mal an einem Resopaltisch zu frühstücken und von einer mürrischen Verkäuferin bedient zu werden.

Christine Schmidt. Ich hatte mal eine Affäre mit einer Christine Schmidt gehabt, vor zwei oder drei Jahren. Wobei Affäre eine ziemlich übertriebene Bezeichnung für eine einzige Nacht, einen mehr oder weniger ernüchternden Morgen und einige verkrampfte Telefongespräche war.

Die damalige Christine Schmidt hatte ich auf einer Party meines Freundes Thomas kennen gelernt. Thomas, der eine gut gehende therapeutische Praxis besaß, etliche Psychologen beschäftigte und immer auf der Suche nach neuen Anlagemöglichkeiten für sein Vermögen war. Wie lange hatte ich Thomas schon nicht mehr getroffen? Ich musste ihn unbedingt mal wieder anrufen. Langsam fing ich an, ein einsamer alter Wolf zu werden. Genau der Typ Mensch, den ich nicht ausstehen konnte.

Meine Gedanken kehrten zu Christine Schmidt zurück. Sie war auch Lehrerin gewesen, allerdings nicht in

Bocholt, sondern irgendwo in der Nähe von Münster. Die Party hatte uns locker und fröhlich gestimmt, ich hatte ihr gefallen und sie hatte mir gefallen. Und im Bett war sie wirklich gut gewesen, eine sinnliche, erfahrene Frau.

Beim Frühstück hatte sie von ihrem Kinderwunsch erzählt. Mit verklärten Augen schwärmte sie von einem Häuschen am Stadtrand von Münster, mit Garten, Mann und vielen Kindern, die durchs Haus tollten. Der Blick, den sie mir anschließend zuwarf, und ihr erwartungsvolles Seufzen hatten meinen Magen in einen kalten Klumpen verwandelt. Meine Ehe war nicht lange zuvor brutal gescheitert und mit Sicherheit wollte ich kein Häuschen am Stadtrand von Münster, den Rasen mähen und Nachbarschaftsfeste feiern.

Sobald wie möglich hatte ich mich aus dem Staub gemacht. Es folgten Anrufe, zuerst fröhliche, dann vorwurfsvolle, bei denen ich immer neue Ausreden erfand. Und schließlich hatte sie es aufgegeben.

Sicher gab es im Münsterland Hunderte von Lehrerinnen, die Christine Schmidt hießen. Christine Schmidt war ein überaus gewöhnlicher Name, wie zum Beispiel Gerhard Schröder. Die Chance, auf *meine* Christine Schmidt zu treffen, war so wahrscheinlich wie die Behauptung, *jeder* Gerhard Schröder besitze die Fähigkeit, den Bundeskanzler zu spielen.

Als die Pausenglocke schrillte, stand ich wieder im Sekretariat. Die Sekretärin zwinkerte mir beim Hinausgehen verschwörerisch zu und ich zwinkerte lässig zurück.

Ich war ein bisschen nervös. Verdeckte Ermittlungen beinhalten stets ein gewisses Risiko. Es gibt extrem misstrauische Menschen und es gibt extreme Zufälle.

Das Letztere trat ein. Sie hatte sich die Haare schwarz gefärbt und sie war so braun, als käme sie gerade von den Malediven. Trotzdem war sie *die* Christine Schmidt, die ich kannte.

Die Sekretärin präsentierte mich stolz: »Der Herr hier ist von der Kriminalpolizei.«

»Dann sind Sie Frau Schmidt«, ergriff ich die Flucht nach vorn, schüttelte ihre Hand und flüsterte ihr rasch ins Ohr: »Spiel bitte mit!«

Und sie spielte mit. »Womit kann ich Ihnen helfen, Herr ...«

»Wilsberg. Es geht um Ina Fahlenbusch. Nur eine Lappalie. Aber ...«, ich schaute kurz zu der Sekretärin, die gespannt auf die Fortsetzung wartete, »... vielleicht sollten wir uns besser nach der Schule treffen, irgendwo, wo wir uns in Ruhe unterhalten können.«

Christine lächelte ironisch. »Tja, einem Kriminalbeamten darf man eine solche Bitte wohl nicht abschlagen. Meine letzte Stunde endet um Viertel nach eins. Kennen Sie das Café Poggenhorst?«

»Nein. Aber ich werde es finden.«

»In der Oster-Straße«, sagte die Sekretärin. »Direkt an der Georgs-Kirche.«

»Du siehst gut aus«, sagte ich, um die Atmosphäre zu entspannen.

Christine schaute mich kritisch an. »Und du bist alt geworden.«

»Na ja«, ich lächelte schief, »das ist der Beruf. Ein Detektiv muss sich bei Wind und Wetter draußen herumtreiben, sein Leben riskieren und in miesen Hotels schlafen.«

»Nennst du das Schlosshotel mies?«

Ich war verblüfft. »Woher weißt du das?«

Sie grinste. »Ich wohne in Disselburg, Georg. Der Mann meiner Nachbarin arbeitet im Schloss. Sie hat mir erzählt, dass der Graf einen Privatdetektiv engagiert hat. Und jetzt tauchst du hier auf und fragst nach Ina Fahlenbusch, die ebenfalls in Disselburg lebt.« Sie tippte sich an die Stirn. »Ich mag in mancher Hinsicht blöd sein, vor allem, was die Auswahl der Männer betrifft, die ich mit nach Hause nehme, aber ich kann noch eins und eins zusammenzählen.«

Vorbei die Hoffnung, dass es keine Abrechnung geben würde. Und sie hatte alle Trümpfe in der Hand.

»Damals ist einiges schief gelaufen«, gab ich mich reumütig. »Ich war gerade frisch geschieden, und als du von Kindern anfingst, fühlte ich mich plötzlich in der Falle.«

»Du wolltest mich bumsen und fertig. Das habe ich begriffen.«

»Nein, so war das nicht«, verteidigte ich mich. »Ich hatte keinen Plan, vorher, meine ich.« Mein Gestammel kam mir selbst kläglich vor.

»Wenn du wenigstens ehrlich gewesen wärst«, bohrte Christine weiter. »Anstatt mich mit albernen Ausreden abzuspeisen.«

»Wir Menschen sind unvollkommen.«

»Du redest Müll, Georg.«

Ich nickte. Widerspruch war zwecklos. »Es ist lange her, Christine. Wir sind älter und weiser geworden.«

Sie schaute mir in die Augen. »Älter bestimmt ...« Ihr Gesicht hellte sich auf, das Strafgericht schien vorüber.

»Was hat dich nach Disselburg verschlagen?«, versuchte ich das Gespräch in eine andere Bahn zu lenken.

»Der Regierungspräsident hat mich hierher geschickt. Lehrermangel in der Provinz.« Sie lächelte melancholisch. »Ich war ihm nicht böse. Ich wollte weg aus Münster. Und in Disselburg ist es schön.«

»Außerdem hast du sicher eine Familie und ein nettes kleines Reihenhaus?«

»Nur eine Tochter, Maria.«

»Keinen Mann?«

»Zu einem Mann hat's nicht gereicht. Deshalb komme ich mit einer Dachgeschosswohnung aus, mit wunderbarem Blick auf die Natur. Felder, Wiesen, Wälder ...«

»Christine ...«

»Ich verstehe, Georg. Du bist nicht hier, um mit mir zu plaudern. Du willst deinen Fall lösen.«

»Sei mir nicht böse! Du könntest mir wirklich helfen.«

Sie sog die Luft durch die Nase. »Schieß los!«

»Da du in Disselburg wohnst, kennst du ja die Vorgeschichte.«

»Einiges. Das, was in den Zeitungen stand und was meine Nachbarin mitbekommen hat.«

Ich erzählte ihr den Rest. Die Botschaften der Erpresser, der Knochen im Karton, mein K. o. im Schlosspark. Schließlich meine Begegnung mit Ina und ihrem Freund auf dem Fahrrad.

»Und?«

»Es ist nur ein vager Verdacht. Vieles spricht dafür, dass es sich bei den Tätern um Jugendliche handelt. Eine andere Spur, über die ich nicht offen sprechen kann, hat mich zum *Eine-Welt-Laden* und den Naturschützern im Disselburger Pfarrheim geführt. Dort ist mir Ina zum ersten Mal begegnet.«

»Ina.« Christine dachte nach.

»Weißt du, wer ihr Freund ist?«

»Michael Loddenbaum. Er geht in die zwölf. Die beiden turteln ganz offen.«

»Würdest du ihnen die Sache zutrauen?«

Christine rümpfte die Nase. »Frag mich was Leichteres! Ich bin zwanzig Jahre älter. Zwischen mir und meinen Schülern liegen Welten. Manchmal habe ich das Gefühl, ich verstehe sie nicht. Ina und Michael sind aufgeweckt und kritisch, vor allem, wenn ökologische Themen behandelt werden. Aber hier geht es nicht um eine Demo oder eine politische Aktion, sondern um eine kriminelle Handlung. Und Inas Vater ist der Polizeichef von Disselburg.«

»Eben«, triumphierte ich. »Die Anschläge auf das Schloss sind Stadtgespräch, auch bei den Fahlenbuschs. Mutter Fahlenbusch und Ina löchern den Papi, was er denn so unternimmt, um die bösen Täter zu erwischen. So weiß Ina, wann der Park überwacht wird und dass die Geldübergabe nur eine Finte ist.«

»Dann müsste sie aber auch wissen, dass der Graf nicht auf die Erpressung eingeht.«

Offenbar guckte ich etwas belämmert.

»Daran hast du wohl nicht gedacht, du Meisterdetektiv«, lachte Christine.

»Vielleicht ist Geld gar nicht das Entscheidende«, sinnierte ich ins Blaue. »Warum sollten sie sonst mit einer Leiche drohen? Es muss noch eine andere Dimension geben.«

»Kann es sein, dass du ziemlich im Dunkeln tappst?«, erkundigte sich Christine.

Da hatte sie nicht ganz Unrecht.

Wir bezahlten und gingen zur Schule zurück, wo unsere Autos standen.

Unterwegs erwähnte ich meine zweite Spur, Alex van Luyden und den Jagdaufseher.

Zu meiner Überraschung war Christine im Bild. »Das glaube ich, dass Alex auf den Grafen sauer ist. Alex war in den Jagdaufseher verliebt. Die beiden hatten ein Verhältnis.«

»Und deshalb ...«

»Deshalb hat der Graf dem Jagdaufseher gekündigt, ja.«

»Woher weißt du das?«

»Ich war mal mit dem Redakteur unseres Lokalblättchens befreundet.«

»Max Mehring.«

»Genau. Und der ist ein alter Freund von Alex. Nicht *so* eine Freundschaft, verstehst du, Max ist nicht schwul.«

»Du und Max?«, wunderte ich mich.

»Was ist daran erstaunlich?«

»Er ist ...«

»... erheblich jünger als ich?« Sie legte ihre Hand auf meinen Arm. »Das hat uns beide nicht gestört. Junge Männer haben ihre Vorzüge.«

Ich schluckte. »Klar. Ist er der Vater deiner Tochter?«

Sie wich meinem Blick aus. »Er hat sich von mir getrennt, als ich im dritten Monat schwanger war. Ich habe ihm gestanden, dass das Kind von einem anderen ist.«

»Und wer ist der Vater?«

»Das geht dich nichts an, Georg.«

Mir wurde plötzlich heiß. »Wie alt ist deine Tochter?«

Sie lachte. »Ein Jahr und zwei Monate. Keine Sorge. Sie ist nicht von dir.«

Wir waren an ihrem Auto angekommen.

Christine zupfte an meinem Jackett. »Wenn du heute Abend nichts Besseres vorhast, könnten wir einen Spaziergang machen.«

Ich war nicht begeistert. Andererseits blieb mir nach Lage der Dinge keine Wahl, wollte ich mich in ihrer persönlichen Rangliste der Unmenschen nicht direkt hinter Hitler und Stalin einreihen.

VII

Als ich zum Schloss zurückkam, stand Stürzenbechers Wagen im Innenhof der Vorburg. Stürzenbecher und ich kannten uns seit mehr als zehn Jahren. Zwischen uns hatte sich sogar eine Art Freundschaft entwickelt, soweit das bei einem Privatdetektiv und einem Hauptkommissar der Kriminalpolizei überhaupt möglich war.

Stürzenbecher leitete im münsterschen Polizeipräsidium das Kommissariat für Gewaltverbrechen, und immer wenn ich bei meinen Fällen über eine Leiche stolperte, war auch Stürzenbecher nicht weit. Meistens kooperierten wir ganz gut, doch gelegentlich standen wir auch auf verschiedenen Seiten der Barrikade. Schließlich arbeitete er für den Staat und ich für mein Honorar.

Stürzenbechers Anwesenheit bedeutete, dass es sich bei dem Knochen im Karton um einen menschlichen Überrest gehandelt hatte. Leichenfunde im Münsterland, und waren sie auch noch so rudimentär, landeten automatisch auf seinem Schreibtisch.

Stürzenbecher, eine junge Frau, die ich für Stürzenbechers Assistentin hielt, und Graf Joseph zu Schwelm-Legden standen auf der großen Holztreppe des Schlosses.

»Das ist Herr Wilsberg, der Privatdetektiv, der für mich arbeitet«, stellte mich der Graf vor.

»Wilsberg«, grinste Stürzenbecher, »das hätte ich mir denken können.«

»Sie kennen sich?«, fragte der Graf erstaunt.

»O ja, Wilsberg hat schon in etlichen meiner Fälle herumgepfuscht.«

»Ich habe ihm die Täter frei Haus geliefert«, korrigierte ich.

Ich gab den Anwesenden die Hand. Die junge Frau nuschelte etwas, das wie Kommissarin Hülting klang.

»Ihr scheint nicht viel zu tun zu haben, wenn ihr wegen eines alten Knochens nach Disselburg kommt«, sagte ich.

Stürzenbecher lehnte sich gegen das Geländer. »Es ist tatsächlich ziemlich ruhig im Moment. Ich dachte, es könnte nicht schaden, mal persönlich vorbeizukommen und ein paar Worte mit dem örtlichen Polizeichef zu wechseln. Außerdem wollte Frau Hülting Schloss Disselburg sehen. Sie steht auf Schlösser.«

Die Wangen der Kommissarin färbten sich rosa.

»Habt ihr den Knochen untersucht?«

»Ja. Aber es ist nicht viel dabei herausgekommen. Der Knochen gehörte einem dreißig- bis vierzigjährigen Mann. Wie lange er tot ist, lässt sich nicht mit Sicherheit sagen. Da spielt eine Rolle, wo die Leiche gelegen hat, Lufttemperatur und so weiter. Die Gerichtsmediziner legen sich nur auf einen Zeitraum von zwei bis zehn Jahren fest. Dafür ist etwas anderes bemerkenswert: Der Tote hat nie einen Sarg von innen gesehen. Das hat etwas mit dem Staub zu tun und mit Ratten, die an dem

Knochen rumgenagt haben. Frag mich nicht, wie die das feststellen, Wissenschaft ist nicht meine Stärke.«

Die Kommissarin räusperte sich.

Stürzenbecher schaute sie fragend an.

»Sind das nicht vertrauliche Informationen, die nicht für die Öffentlichkeit bestimmt sind, Herr Stürzenbecher?«

»Aber ich bitte Sie, Frau Hülting! Herr Wilsberg ist doch nicht die Öffentlichkeit. Oder, Wilsberg?«

Ich schüttelte den Kopf. »Nein, bestimmt nicht.«

Hülting kniff die Lippen zusammen. Wahrscheinlich hatte sie auf der Polizeischule etwas anderes über den Umgang mit Privatdetektiven gelernt.

»Ansonsten kann man mit einem einzigen Oberschenkelknochen wenig anfangen«, fuhr Stürzenbecher fort. »Wir wissen ja nicht mal, ob ein Verbrechen vorliegt. Wäre auch möglich, dass sich der Mann in einem Loch verkrochen hat und eines natürlichen Todes gestorben ist. Es gibt so Fälle. Manche Leute sterben in ihren Wohnungen und niemand bekommt etwas mit. Irgendwann will jemand die Stromrechnung eintreiben und dann findet sich eine Leiche, die eine Fernsehzeitschrift von 1989 auf den Knien hat. Wir werden wohl warten müssen, bis wir noch mehr Teile bekommen.«

»Das ist nicht Ihr Ernst«, ließ sich Graf Joseph vernehmen.

»Falls wir diese Typen, die Ihr Schloss demolieren, nicht vorher schnappen.«

»Worum ich sehr bitten möchte«, sagte der Graf.

»Ich schätze, die Täter haben die Leiche gefunden und machen sich nun einen Spaß daraus, Sie damit zu ärgern.«

»Um Himmels willen. Dieser Spuk muss ein Ende nehmen. Meine Frau ist einem Nervenzusammenbruch nah.«

»Herr Wilsberg und die örtliche Polizei arbeiten ja daran«, beruhigte ihn Stürzenbecher. »Die Mordkommission tritt erst auf den Plan, wenn es sich tatsächlich um ein Gewaltverbrechen handelt. Fürs Erste werden wir mal dem Polizeichef, Oberkommissar ... wie heißt er noch gleich?«

»Fahlenbusch«, sagte ich.

»Richtig – ... einen Besuch abstatten.« Stürzenbecher nahm meinen Arm und führte mich die Treppe hinunter. »Du warst doch auch nicht untätig«, sagte er mit leiser Stimme. »Was hast du entdeckt?«

»Nur ein paar vage Spuren, nichts Handfestes.«

»Komm schon! Spiel nicht den Geheimniskrämer!«

»Sobald ich jemanden in Verdacht habe, bist du der Zweite, der es erfährt – nach dem Grafen.«

Wir kamen auf den Innenhof und schlenderten zu Stürzenbechers Auto. Kommissarin Hülting folgte uns mit dem beleidigten Gesichtsausdruck einer zu Unrecht Übergangenen.

»Eines kann ich dir aber schon verraten.«

»Und das wäre?«

»Oberkommissar Fahlenbusch ist eine Flasche. Der wird die Täter nie finden.«

Stürzenbecher nickte. »So etwas habe ich befürchtet.«

Ich fand den Grafen in seinem Büro. Er starrte gebannt auf den Monitor seines Computers.

»Ach, Sie!« Sein Bedauern über die durch mich verursachte Ablenkung war unüberhörbar. »Ich bin erstaunt, welch guten Kontakt Sie zur Polizei haben.«

»Zur münsterschen, speziell zu Hauptkommissar Stürzenbecher. Zwischen Oberkommissar Fahlenbusch und mir wird das Eis wohl nie brechen.«

Der Graf lächelte mich milde an. »Wirklich schade, dass Stürzenbecher nicht die Leitung der Ermittlungen übernimmt. Er macht einen kompetenten Eindruck.«

»Solange es nur um Sachbeschädigung, Erpressung und eventuell Grabschändung geht, ist er nicht zuständig.«

»Nur?«

»Aus seiner Sicht sind das Kinkerlitzchen.«

Der Graf schüttelte den Kopf. »Was gibt es noch, Herr Wilsberg? Ich ...«

»Der Jagdaufseher, den Sie vor einiger Zeit entlassen haben ...«

Sein Gesicht verdüsterte sich. »Wolfgang Nieswind. Was ist mit ihm?«

»Ich möchte mehr über ihn erfahren.«

»Warum? Wozu soll das dienen?«

»Das kann ich Ihnen erst hinterher sagen.«

»Das ist schon zwei Jahre her. Und eine unappetitliche Geschichte obendrein.«

»Ich bin nicht zimperlich, Herr zu Schwelm-Legden. Als Privatdetektiv habe ich schon viele unappetitliche Geschichten gehört.«

»Sie befinden sich auf Abwegen, Herr Wilsberg. Aber, nun gut: Nieswind hatte bereits anderthalb Jahre für mich gearbeitet und seine Aufgaben ganz ordentlich erledigt. Es war ihm nichts vorzuwerfen, bis zu diesem Vorfall. Ich konnte ja nicht ahnen, dass er ...«

»... homosexuell war?«, half ich ihm.

»Nun, verstehen Sie mich nicht falsch, Herr Wilsberg. Ich bin nicht prüde. Ich weiß, dass es Menschen mit unterschiedlichen Veranlagungen gibt. Die Geschichte des höheren Adels und der europäischen Herrscherhäuser kennt genug Männer, die dem eigenen Geschlecht zugeneigt waren. Solange jemand seine Vorlieben mit der notwendigen Diskretion auslebt, bin ich der Letzte, ihm einen Strick daraus zu drehen. In diesem Fall lagen die Dinge jedoch anders. Nieswind hatte sich an Alex, den Sohn meines Freundes Tonio van Luyden, herangemacht. Tonio war außer sich vor Wut. Er sagte, Nieswind habe den Jungen verführt, und verlangte von mir Konsequenzen. Sollte ich eine langjährige Freundschaft aufs Spiel setzen? Abgesehen davon, missfiel mir ebenfalls, dass sich diese Mesalliance quasi unter meinem Dach abspielte. Die beiden trafen sich regelmäßig in Alex' Atelier im alten Bergfried.«

»Sie meinen, dass sich Dienerschaft und Herrschaft paarte?«

»Es gibt keinen Grund, sarkastisch zu werden, Herr Wilsberg«, versetzte der Graf. »Ich denke nicht, dass Ihnen ein moralisches Urteil zusteht.«

»Wie alt ist Alex heute?«

Er überlegte. »Fünfundzwanzig, glaube ich.«

»Das heißt, vor zwei Jahren war der Junge, wie Sie ihn nennen, dreiundzwanzig. Alt genug, um über sich selbst entscheiden zu können, finden Sie nicht?«

»Worauf wollen Sie hinaus?« Der Graf wurde ungeduldig. »Tonio van Luyden ist nicht nur mein Freund, er ist auch mein wichtigster Geschäftspartner. Für mich stand außer Frage, wie ich mich zu entscheiden hatte. Und ich sehe keinen Sinn darin, in alten Geschichten zu wühlen.«

Ich ignorierte seine Kritik. »Wie hat Nieswind seine Entlassung aufgenommen?«

»Er wurde wütend. Er hat mir eine hässliche Szene gemacht.«

»Und?«

»Nichts weiter. Ich habe ihm eine großzügige Abfindung angeboten. Ich wollte es nicht auf ein Arbeitsgerichtsverfahren ankommen lassen, bei dem alle schmutzigen Details ausgebreitet worden wären.«

»Hat Nieswind die Abfindung akzeptiert?«

»Das hat er. Ohne sich zu bedanken zwar, aber er hat das Geld genommen und ist gegangen.«

»Wohin?«

Der Graf schüttelte den Kopf. »Das entzieht sich meiner Kenntnis, Herr Wilsberg. Es hieß, er sei ausgewandert. Offen gestanden, war ich ganz froh, dass er so schnell verschwand. Das ersparte mir weiteren Ärger.«

Ich ließ ihm ein paar Sekunden zum Nachdenken. »Könnte Nieswind hinter den Anschlägen stecken?«

Sein Unterkiefer klappte nach unten. »Was sagen Sie da?«

»Vor einigen Tagen habe ich Sie gefragt, ob Sie Feinde haben. Nieswind wäre ein guter Kandidat, meinen Sie nicht? Er könnte zurückgekommen sein, um sich an Ihnen zu rächen.«

»Aber ...«

»Damit der Verdacht nicht auf ihn fällt, lässt er es so aussehen, als seien die Täter Jugendliche. In Wirklichkeit geht es ihm gar nicht um Geld.«

Der Graf sah aus, als habe er ein Schlossgespenst gesehen. »Daran habe ich überhaupt noch nicht gedacht.«

Ich ließ ihn mit den Schatten der Vergangenheit allein.

Tatsächlich war ich von meiner Theorie weit weniger überzeugt, als ich den Anschein erweckte. Es gab nämlich noch eine andere Möglichkeit. Der Jagdaufseher war vor zwei Jahren plötzlich verschwunden. Und der Knochen, den die Erpresser mit einem Kracher der Öffentlichkeit präsentiert hatten, gehörte, nach Stürzenbechers Angaben, einem vor mindestens zwei Jahren verstorbenen Mann. Hatten die Erpresser die Leiche von Wolfgang Nieswind gefunden? War Nieswind also ermordet worden? Und von wem? Vom Grafen? Von Tonio van Luyden?

Ergebnislos grübelnd kam ich vor dem Haus an, dessen Adresse mir Christine Schmidt gegeben hatte. Die Lehrerin hatte nicht gelogen. Hinter dem Haus erstreckten sich Felder, weiter hinten standen Kühe, die einen selbstzufriedenen Eindruck machten, die Straße endete in einem Wanderpfad, der zu einem kleinen Wäldchen führte. Und über allem lag der sanfte Geruch von Gülle.

Für Naturfreunde sicher ein Hochgenuss. Ich machte mir eigentlich nicht viel aus Natur. Hochhausschluchten und italienische Stadtvillen konnten mein Herz erwärmen, aber nicht das fade Grün einer bewusstlosen Pflanzenwelt.

Christine hatte ihre Tochter bei der Nachbarin abgegeben, die unter ihr wohnte und genau genommen ihre Vermieterin war.

Wir schlenderten über den Wanderpfad zu dem kleinen Wäldchen. Die ersten Blätter färbten sich gelb und rot, Vorboten des unwiderruflich näher rückenden Herbstes, den die sommerlichen Temperaturen nicht wahrhaben wollten. Ich begann mich zu fragen, was ich hier machte.

»Ist der Herbst nicht toll?«, schwärmte Christine. »Wann hatten wir schon mal einen September, in dem es so lange warm war?«

»Ja, ganz fantastisch«, sagte ich.

»Als ich hierher kam, merkte ich erst, was mir in Münster gefehlt hat: freie Luft zum Atmen, keine Autos, die Lärm machen und die Luft verpesten. Könntest du dir nicht vorstellen, in Disselburg zu leben?«

»Nein. Ich brauche meine tägliche Dosis Großstadt. Den Bratwurstverkäufer vor C & A, klimatisierte Kaufhäuser, Kulturveranstaltungen, die ich besuchen könnte, auch wenn ich es nicht tue.«

Christine lachte. »Du bist unverbesserlich.«

»Wahrscheinlich.« Ich verscheuchte eine Mücke. Zur Abwechslung und um keine romantische Stimmung aufkommen zu lassen, redete ich über den Jagdaufseher.

Christine sagte, dass sie ihn persönlich nie kennen gelernt habe. Alles, was sie über ihn wisse, habe ihr Max Mehring erzählt. »Anscheinend war er ein netter Kerl, ein bisschen impulsiv und aufbrausend, aber ehrlich und offen. Der arme Alex! Wolfgang war seine große Liebe.«

»Warum ist Alex nicht mit seinem Freund durchgebrannt?«

Sie machte mit Daumen und Zeigefinger das international bekannte Zeichen für Geld. »Alex ist von seinem

Vater abhängig. Er hat nichts gelernt, ein Studium angefangen und wieder abgebrochen und seine Bilder verkaufen sich nicht. Vor ein paar Jahren ist er mal nach Amsterdam gegangen. Nach einem halben Jahr kam er zurück, mit einem Haufen Schulden am Bein. Wenn du mich fragst: Alex ist einfach lebensuntüchtig. Papa Tonio und Onkel Graf Joseph sorgen für ihn und garantieren ihm ein angenehmes Leben. Er darf malen und seine Schwermut pflegen. Warum sollte er das aufs Spiel setzen?«

»Auch wenn er unglücklich ist?«

»Für manche Menschen ist das die bessere Alternative.«

Ich schaute nach oben. »Sollen wir nicht langsam umkehren?«

»Bist du schon müde?«

»Das auch. Außerdem wird es bald dunkel.«

Christine lachte. »Fürchtest du dich im Dunkeln?« Sie berührte meine Schulter. »Keine Angst! Ich beschütze dich.«

Wir schlugen den Rückweg ein.

Nach ein paar Schritten sagte sie: »Ich habe noch mal über Ina und Michael nachgedacht. Es gibt tatsächlich einen Grund, warum sie den Grafen ärgern könnten.«

»Und welchen?«

»Hast du schon von der geplanten neuen Umgehungsstraße gehört?«

»Ich war im Rathaus, als darüber debattiert wurde.«

»Dann weißt du ja Bescheid. Die Straße soll durch das Dinklager Moor gebaut werden. Die Naturschützer, und selbstverständlich auch Ina und Michael, sind entschieden dagegen. Das Projekt steht und fällt aber auch mit der Zustimmung des Grafen.«

»Wieso das?«

»Ihm gehört der größte Teil des Dinklager Moores. Falls er nicht an den Kreis verkauft, kann die Straße nicht gebaut werden, zumindest würde sich das Vorhaben erheblich verzögern.«

»Ein interessanter Aspekt«, sagte ich. »Ein überaus interessanter Aspekt.«

Wir erreichten den Waldrand.

Sie schaute mich von der Seite an. »Du ...«

»Ja?«

»Wenn ich damals nicht von Kindern angefangen hätte ...«

»Das ist eine hypothetische Diskussion.«

»Hättest du mich dann trotzdem sitzen lassen?«

Ich fühlte leichte Panik aufsteigen. Solche Gespräche waren für einen normal verknöcherten Mann wie mich der reinste Horror. »Christine«, ich bemühte meine sanfte, Vertrauen erweckende Stimme, »ich freue mich, dich wieder zu sehen, ich rede gern mit dir, aber ...«

Sie lachte. »Denkst du, ich will dich verführen? Manche Fehler sollte man nicht zweimal machen.«

»Vergessen wir die Vergangenheit!«, schlug ich vor.

»Schon passiert. Kommst du noch auf ein Glas zu mir? Nur zum Reden«, fügte sie beschwichtigend hinzu.

»Vielleicht ein anderes Mal.« Ich seufzte entsagungsvoll. »Ich muss noch arbeiten. Das Schloss bewachen. Dafür werde ich vom Grafen bezahlt.«

Sie stellte sich auf ihre Fußspitzen und gab mir einen Kuss auf den Mund. »Ruf mich an! Mich interessiert, was du über Ina und Michael herausfindest. Oder ich rufe dich an.«

Als ich im Auto saß, atmete ich auf. Ich hatte nicht die Absicht, im Schlosspark Überstunden abzureißen. Alles, was ich jetzt noch wollte, war im Hotelbett liegen und einen Action-Film im Fernsehen schauen.

Und das tat ich auch.

VIII

Als ich Haldern verließ, war ich nicht schlauer als vor meiner Fahrt zu diesem verschlafenen, rechtsrheinischen

Dorf. Detektivarbeit ist ein Puzzlespiel mit überschüssigen Teilen, manche passen nirgendwohin. Trotzdem lohnt es sich, sie auszusortieren. Deshalb grämte ich mich nicht, kurbelte das Seitenfenster herunter und genoss die milde Herbstluft.

In Haldern hatte ich Michael Horst besucht, einen paus- und rotbäckigen jungen Mann in grüner Uniform. Horst war eindeutig unschwul. Seine Frau, die einen kreischenden Säugling auf dem Arm schaukelte, demonstrierte frisches Familienglück. Horst war der neue Jagdaufseher des Grafen zu Schwelm-Legden und damit Wolfgang Nieswinds Nachfolger. Und Horst hatte genauso wenig Ahnung, wo sein Vorgänger abgeblieben war, wie alle anderen. Er hatte nicht einmal mit Nieswind gesprochen, alle Informationen über seine Arbeit vom Grafen und dessen Verwalter bekommen und kannte die Gründe für die Entlassung seines Vorgängers nur aus zweiter Hand. Ein nicht kompatibles Puzzleteil also. So etwas kommt vor.

Am späten Vormittag kehrte ich zum Schloss zurück. Selbst ein Künstler sollte um diese Tageszeit sein Frühstück beendet haben. Ich stiefelte die Steintreppe des Bergfrieds hinauf und klopfte an die Tür des Ateliers. Alex van Luyden brauchte einige Zeit, bis er öffnete, aber das war ich ja gewohnt.

»Sie schon wieder?«

»Es tut mir Leid ...«

»Entschuldigen Sie sich nicht dauernd. Kommen Sie rein!«

Er war rau, aber nicht unbedingt herzlich. Oder ich nicht sein Typ. Der intensive Geruch nach Ölfarben verriet, dass er bereits gearbeitet hatte. Ich betrachtete das halb fertige Bild auf dem Holzgestell. Es passte in seine morbide Phase.

»Sie haben mir bei meinem letzten Besuch nicht alles verraten.«

»Warum sollte ich das?«

Eine gute Frage. Ich lächelte ihn an. »Ihre Beziehung zu dem Jagdaufseher, zum Beispiel.«

Er drückte einen Pinsel in einer Blechdose aus. »Das ist meine Sache.«

»Natürlich. Allerdings geht es schon lange nicht mehr nur um eingeschossene Schlossfenster. Ihnen dürfte nicht entgangen sein, dass die Erpresser beim letzten Mal einen menschlichen Knochen hinterlassen haben.«

»Na und?«

»Lassen Sie es mich so ausdrücken: Es ist möglich, dass ein Kapitalverbrechen in der Geschichte eine Rolle spielt.«

»Verbrechen? Was für ein Verbrechen?«

»Ein Mord«, stapelte ich hoch. »Und Ihr ehemaliger Liebhaber Wolfgang Nieswind steht dabei im Mittelpunkt.«

Alex wurde bleich. »Was reden Sie da? Das ist doch Unsinn.«

»Wann haben Sie zuletzt etwas von Nieswind gehört?«, versuchte ich ihn zu überrumpeln.

Er wirkte einen Moment hilflos. »Nie mehr. Ich meine, seit damals, als ihn der Graf entlassen hat.«

»Wollen Sie mir erzählen, dass sich Ihr Freund, mit dem Sie eine intensive Beziehung hatten, von heute auf morgen aus dem Staub gemacht hat, ohne sich jemals wieder bei Ihnen zu melden?«

In seinem Gesicht zuckte es. Er öffnete den Mund und schloss ihn wieder. »Er hat mich gefragt, ob ich mitkomme.«

»Wohin?«

»Nach Australien.«

»Und Sie wollten nicht?«

»Ich konnte nicht. Ich wäre ... Ach was, das geht Sie überhaupt nichts an.«

»Sie meinen, Sie wären von ihm abhängig gewesen, weil Sie mit Ihrer Kunst kein Geld verdienen, weil Sie ohne die Zuwendungen Ihres Vaters und des Grafen nicht existieren können.«

Seine Verletztheit verwandelte sich in Wut. »Vielleicht. Und wenn schon! Verschwinden Sie! Sie haben kein Recht, ein Urteil über mein Leben abzugeben. Ein Privatdetektiv! Nennen Sie die Art, wie Sie Ihr Geld verdienen, anständig?«

»Die Grenzen zwischen Anständigkeit und Unanständigkeit sind in meinem Beruf fließend«, gab ich zu.

Alex starrte mich wortlos an.

Ich nickte. »Eine Frage habe ich noch: Wie hat Wolfgang Nieswind auf seine Entlassung reagiert?«

»Er war wütend, das können Sie sich doch denken.«

»Wollte er sich am Grafen rächen?«

»Er hat getobt. Wolfgang ist ein sehr emotionaler Mensch, der steckt so etwas nicht so einfach weg. Ich weiß, dass er eines Abends ...« Er brach ab und steckte seine Hände in die Hosentaschen.

Ich spürte ein Kribbeln. Bemüht, meine Anspannung nicht zu zeigen, fragte ich ruhig: »Was hat er eines Abends?«

»Das spielt doch keine Rolle.«

»Doch. Das spielt eine Rolle.«

»Er ist noch einmal zum Grafen gegangen«, quetschte Alex hervor.

»Bevor oder nachdem sie sich auf seine Abfindung geeinigt hatten?«

»Danach, glaube ich. Das ist schon so lange her.«

»Haben Sie anschließend mit ihm gesprochen?«

»Nein, er ist dann gleich ...«

Ich nickte. »Können Sie sich vorstellen, dass Nieswind jetzt zurückgekommen ist, um den Grafen zu terrorisieren?«

Er schaute mich überrascht an. »Nein. Wolfgang vergisst auch schnell. Er sitzt jetzt sicher irgendwo in Australien und verschwendet keinen Gedanken mehr an Disselburg.«

Oder an seinen ehemaligen Freund. Alex van Luyden presste die Lippen aufeinander. Die Fortsetzung des Gedankens musste bitter für ihn sein. Und auch ich behielt sie lieber für mich.

Nach einer ausgezeichneten Perlhuhnbrust auf Artischockenrisotto und Rotweinschalotten zog ich mich in mein Hotelzimmer zurück und wählte die Privatnummer von Hauptkommissar Stürzenbecher.

»Es ist Samstag«, giftete Stürzenbecher. »Weißt du, was das bedeutet? Ich habe frei. Ich bereite mich auf die Bundesligaberichterstattung im Fernsehen vor. Ich möchte nichts über Leichen und Morde hören.«

»Stell dich nicht so an!«, fuhr ich ihm in die Parade. »Als Freiberufler kann ich mich nicht an die Behördenöffnungszeiten halten. Ich habe auch nur eine klitzekleine Frage: Gibt es etwas Neues über den Disselburger Knochen?«

»Nein«, sagte er gedehnt. »Wie ich bereits gestern erwähnte, haben wir den Knochen zu einem Speziallabor geschickt. Am Wochenende arbeiten die dort auch nicht. Bei einer so alten Leiche kommt es auf ein paar Tage nicht an.«

»Na schön. Dann habe ich was für dich.«

»Ach ja?« Er wurde aufmerksamer.

Ich erzählte ihm von dem Jagdaufseher Wolfgang Nieswind, dem Grund für seine Entlassung und dem Streit zwischen Nieswind und dem Grafen.

»Worauf willst du hinaus?«, fragte Stürzenbecher. »Dass der Graf diesen Nieswind umgebracht hat? Wäre doch schön blöd von ihm, einen Privatdetektiv zu engagieren, der ihn selbst ans Messer liefert.«

»Da wusste er ja noch nicht, dass die Anschläge auf das Schloss mit dem Leichenfund zusammenhängen.«

»In Ordnung«, gab sich Stürzenbecher geschlagen. »Aber glaubst du nicht, dass der Graf eine Möglichkeit gefunden hätte, die Leiche endgültig verschwinden zu lassen? Überleg mal, wie riesig die gesamte Anlage ist! Und nur ein Teil davon ist der Öffentlichkeit zugänglich. Ich wette, es gibt Stellen im Schloss oder im Schlosspark, die seit Jahrzehnten kein Mensch mehr betreten hat.«

»Ich möchte ja nur, dass du dich nach Wolfgang Nieswind erkundigst«, bat ich. »Ist er wirklich nach Australien ausgewandert? Und was macht er heute? Du verschickst ein paar E-Mails ...«

»Was für Dinger?«

»Dann von mir aus Telefaxe oder welche vorsintflutliche Art der Kommunikation ihr bei der Kripo heute noch verwendet ...«

Stürzenbecher stöhnte. »Montag. Keine Minute vor neun Uhr.«

Damit erklärte ich mich einverstanden.

Kaum hatte ich es mir auf dem Bett gemütlich gemacht, klingelte das Telefon. Es war Christine Schmidt, die sich erkundigte, ob ich den morgigen Sonntag mit ihr und ihrer Tochter Maria verbringen wollte. Ein Ausflug nach Holland, echt holländische Pommes frites, ein Spaziergang und ein Abstecher zu einem Fun-Bad, in dem malerische Palmen einen naturecht gestalteten Pool umstanden, abschließend vielleicht ein Essen in einem chinesisch-indonesischen Restaurant.

Ich sagte, dass ich wasserscheu sei und im Moment unheimlich viel zu tun hätte.

»Du wolltest mich also nur ein bisschen ausquetschen und dann wieder in die Wüste schicken?« Es sollte locker und scherzhaft klingen, aber der beleidigte Unterton war nicht zu überhören.

Ich redete drum herum und mich heraus, versicherte ihr, dass sich sicher bald eine Gelegenheit ergeben würde, sich zu treffen, und nach fünf Minuten hatte ich das Gefühl, sie einigermaßen besänftigt zu haben.

Ermattet bettete ich meinen Kopf auf das Kopfkissen. Meine eigene Tochter kam mir in den Sinn. Ich hatte vergessen, mich bei meiner Exfrau Imke abzumelden. Denn nach unserem Besuchsplan hätte Sarah dieses Wochenende bei mir verbringen sollen. Ich überlegte kurz, ob ich Imke anrufen sollte. Das zu erwartende Ergebnis, eine Aufzählung meiner Schwächen von Gedankenlosigkeit über Frechheit und Unverschämtheit bis zu Verantwortungslosigkeit, ließ mich davor zurückschrecken.

Ich schaute auf die Uhr. Noch zwei Stunden bis zur Bundesliga. Anstatt mich mit finsteren Gedanken im Bett zu wälzen, konnte ich genauso gut dem Grafen noch einmal auf den Wecker fallen.

Eine Haushälterin, Gouvernante oder wie auch immer diese strengen älteren Damen in adeligen Haushalten heißen, fing mich an der Tür zum privaten Teil des Schlosses ab.

»Die gräfliche Familie sitzt beim Nachmittagstee. Auch der junge Graf und die Tochter sind erschienen. Ich glaube nicht, dass Ihr Besuch jetzt gelegen kommt.«

»Der Graf hat mir versichert, dass ich ihn jederzeit stören dürfe«, widersprach ich.

Die Wahl, eine von zwei widersprüchlichen Anweisungen zu ignorieren, schmeckte ihr gar nicht. Sie wiegte ihren Kopf, der von einer Frisur gekrönt wurde, die wahrscheinlich jedem Tornado widerstanden hätte.

»Na gut. Ich werde Sie anmelden.«

Nach einem längeren Fußmarsch standen wir vor einer zweiflügeligen Glastür, die zu einer Art Wintergarten führte. »Warten Sie bitte hier!«

Sie verschwand im Inneren und näherte sich einem Tisch, an dem vier Personen saßen. Die Frau neben dem Grafen sah blass und kränklich aus. Bei dem gelackten jungen Mann konnte es sich logischerweise nur um Sohn Wilhelm, den Juristen und Versicherungsmanager, handeln. Zu diesen dreien, die gekleidet waren, als wollten sie gleich zu ihrer Privatloge im Opernhaus aufbrechen, bildete Anke Schwelm, die wieder Jeans und T-Shirt trug, einen beißenden Kontrast.

Der Graf blickte über seine Schulter und ich winkte jovial zurück. Dann sagte er etwas zu der Hausdame und zuckte ergeben mit den Schultern.

»Sie dürfen eintreten«, verkündete die Botin, nachdem sie die Strecke bis zur Glastür würdevoll zurückgelegt hatte.

»Gibt es auch Kuchen?«, fragte ich.

»Von einem Gedeck hat der Herr Graf nichts erwähnt«, versetzte sie scharf. Offenbar hielt sie mich für die Wiedergeburt eines Pferdeknechtes.

Ich lächelte sie an und schlenderte zu der gräflichen Familie. Der Graf übernahm die Vorstellung. Seine Frau, deren Vornamen mitzuteilen er für überflüssig hielt, hatte einen sehr schlaffen und feuchten Händedruck. Anke grinste mich komplizenhaft an und Sohn Wilhelm registrierte mit pikiertem Blick, dass ich es gewagt hatte, ohne Krawatte meine Aufwartung zu machen.

»Wie ich sehe«, leitete der Schlossherr die Unterhaltung ein, »sind Sie auch am Wochenende bei der Arbeit. Und Sie haben bestimmt eine Frage.«

»So ist es«, bestätigte ich. »Ich möchte noch einmal auf den Jagdaufseher Nieswind zurückkommen.«

Graf Joseph stöhnte. »Dazu habe ich alles gesagt.«

»Da bin ich mir nicht sicher. Ich kann mir nicht vorstellen, dass Nieswind, der mir als emotionaler und impulsiver Mensch geschildert wurde, die Demütigung seiner Kündigung so einfach weggesteckt hat.«

»Habe ich nicht erwähnt, dass er mir eine lautstarke Szene gemacht hat?«

»Und dann hat er seine Abfindung genommen und ist auf Nimmerwiedersehen verschwunden?«

»So ist es.«

»Er hat keine Drohungen ausgestoßen oder Ihnen aufgelauert?«

»Hören Sie, mir gefällt Ihr Ton nicht«, mischte sich Wilhelm ein. »Sie scheinen zu vergessen, dass Sie für meinen Vater arbeiten.«

»Und Sie scheinen zu vergessen, dass es sich nicht mehr um einen Kinderstreich handelt. Ein Mensch ist ums Leben gekommen.«

»Ach, dieser alberne Knochen.« Wilhelm winkte ab. »Das ist doch fauler Zauber.«

Das Grafensöhnchen entwickelte sich zu meinem neuen Lieblingsfeind. »Entweder ich mache meine Arbeit so, wie ich sie für richtig halte, oder ich mache sie gar nicht.«

»Freundchen!« Wilhelm zu Schwelm-Legden stand auf. »Sie haben wohl keine Ahnung, mit wem Sie es zu tun haben?«

»Langsam bekomme ich eine Ahnung«, erwiderte ich.

»Hergelaufene Schnüffler wie Sie gibt es dutzendweise. Ich könnte meinem Vater jederzeit Ersatz besorgen.«

»Tun Sie sich keinen Zwang an!« Ich wandte mich zum Grafen. »Sie hören von mir, auf postalischem Weg. Der Inhalt wird eine schlichte Rechnung sein.« Ich drehte mich um. »Vielen Dank! Ich finde den Ausgang allein.«

»Warten Sie!« Der Graf rannte hinter mir her.

Im Flur holte er mich ein. »Ich muss mich für das Verhalten meines Sohnes entschuldigen«, stieß er atemlos hervor. »Sie haben Recht. Nieswind ist noch einmal hier aufgekreuzt und hat wüste Drohungen ausgestoßen.«

»Erzählen Sie das der Polizei! Der Fall ist für mich erledigt.«

»Nein. Bitte, Herr Wilsberg!« Er griff nach meinem Arm. »Ich möchte, dass Sie die Geschichte aufklären, auch wenn es unangenehm für mich werden könnte. Ich bin selbst daran interessiert zu erfahren, ob Nieswind darin verwickelt ist.«

Ich blieb stehen.

Der Graf holte Luft. »Eines Nachts, ein paar Tage nachdem wir uns im Prinzip geeinigt hatten, stand Nieswind plötzlich vor der Tür. Er hatte getrunken und war rasend vor Wut. Zufällig war auch Wilhelm anwesend. Gemeinsam ist es uns gelungen, Nieswind hinauszuwerfen. Aber, bei Gott, ich schwöre, dass er höchstens einige Kratzer davongetragen hat. Vom Fenster aus habe ich beobachtet, wie er durch das Tor gegangen ist.« Er schaute mich flehend an. »Machen Sie weiter, Herr Wilsberg! Es wird nicht zu Ihrem Schaden sein.«

»In Ordnung«, sagte ich. »Aber halten Sie Ihren Sohn von mir fern!«

Auf dem Weg zur Vorburg sah ich, wie Max Mehring den Bergfried verließ. Offenbar hatte er seinen alten Freund Alex van Luyden besucht. Mehring war in Gedanken versunken und schien mich nicht zu bemerken.

Ich ging in mein Hotelzimmer, erlitt die langen Werbepausen zwischen den kurzen Bundesligaberichten und fragte mich zum wiederholten Mal, warum sich Trainer Skibbe von Borussia Dortmund keinen besseren Frisör leisten konnte.

Dann machte ich mich an die Arbeit. Sie bestand darin, in der Nähe von Fahlenbuschs Haus im Auto zu sitzen und zu warten.

Eine Stunde später wurde meine Tätigkeit etwas interessanter. Ina Fahlenbusch kam aus dem Haus und schwang sich auf ihr Fahrrad. Ich folgte ihr gemächlich.

Nach wenigen Minuten erreichte sie ein anderes Haus, das dem ihres Vaters und überhaupt allen Einfamilienhaussiedlungshäusern zum Verwechseln ähnlich sah. Sie schellte, trat ein und kehrte kurz darauf mit einem jungen Mann zurück, den ich unschwer als ihren Freund Michael Loddenbaum identifizierte.

Nun fuhren sie gemeinsam weiter, ich, wie gehabt, hinterher. Die Verfolgungsgeschichte erreichte ihren vorläufigen Höhepunkt, als sie an einem dritten Haus anlangten, in dem unüberhörbar eine Fete veranstaltet wurde. Schon an der Straßenecke wummerten mir die Bässe entgegen und zahlreiche vor dem Haus abgestellte Fahrräder zerstörten meine letzten Zweifel.

Eine Fete also. Meine Hoffnung, Ina und Michael in dieser Nacht auf frischer Tat ertappen zu können, sank gegen null. Als pflichtbewusster Detektiv harrte ich noch drei Stunden aus, dann hatte ich endgültig den Kaffee auf.

Ein weiterer verlorener Abend. Oder auch nicht. Denn schließlich wurde ich auch fürs Warten bezahlt. Schon in meinem Detektiv-Fernstudium hatte ich gelernt, dass Geduld die wichtigste Sekundärtugend meines Berufsstandes sei. Manchmal allerdings ging mir diese Tugend gewaltig auf die Nerven.

Einigermaßen gefrustet kam ich an der Rezeption des Schlosshotels an.

Der Nachtportier strahlte mich an: »Ihre Frau ist bereits seit zwei Stunden in Ihrem Zimmer.«

Anscheinend musste ich ziemlich verdattert geguckt haben, denn er fügte besorgt hinzu: »Sie haben sie doch erwartet?«

»Nein ... äh ... doch, es ist nur etwas überraschend.«

Mit beschleunigtem Schritt eilte ich zur Treppe. Meine Frau? Imke? Unwahrscheinlich, dass sie einen Rückfall in längst vergangene Zeiten erlitten hatte und es sie zu einem Rendezvous in mein Hotelzimmer trieb. Sie wusste ja nicht einmal, dass ich in Disselburg war. Franka? Fast genauso unwahrscheinlich. Bislang hatte sie nie zu erkennen gegeben, dass sie in mir etwas anderes sah als ihren kurz vor der Senilität stehenden Arbeitgeber.

Ein böser Verdacht baute sich in meinem Kopf auf und er wurde bestätigt, als ich die Tür zu meinem Zimmer öffnete. Christine Schmidt lag in meinem Bett. Sie hatte die Bettdecke bis knapp über die Brust gezogen, aber ich hätte einen größeren Geldbetrag darauf verwettet, dass sie darunter weniger als spärlich bekleidet war.

Sie griff nach der Fernbedienung und schaltete den Fernseher aus. »Wo hast du dich so lange herumgetrieben?«

»Ich glaube nicht, dass das eine gute Idee ist.«

Sie schlug die Bettdecke zurück. Ich hätte meine Wette gewonnen.

»Was?«

»Das, was du vorhast.«

Sie stand auf und stellte sich vor mich. »Was habe ich denn vor?« Ihre Hände wanderten an meinem Körper nach unten, parallel zu ihrem Kopf und ihrem Oberkörper.

»Christine, ich finde, du solltest dich wieder anziehen und ...«

Sie nestelte an meinem Gürtel und zog den Reißverschluss meiner Hose auf.

»Hast du dich nicht strafbar gemacht, als du dich in meiner Schule als Polizist ausgegeben hast?«

»Soll das eine Erpressung sein?«

Sie zerrte die Jeans nach unten und erfasste meine Shorts.

»Warum nicht?«

Die Shorts folgten den Jeans auf dem Weg zum Teppichboden.

»Christine ...«

Gelegentlich leiden wir Männer unter der Tatsache, dass nicht alle unsere Körperteile den Befehlen unseres Gehirns gehorchen. Im zärtlichen Griff ihrer Hände ignorierte dieses spezielle Körperteil ganz einfach meine Absichten, vor allem, als Christine es in den Mund nahm.

IX

Als ich aufwachte, lag ich allein im Bett. Für kurze Zeit war ich geneigt, die Ereignisse, an die ich mich erinnerte, für eine Technicolor-Aufführung meines Unterbewusstseins zu halten. Kein Albtraum, die schlichte und intellektuell anspruchslose Handlung hatte durchaus positive Züge. Zumindest, wenn man die Konsequenzen nicht bedachte. Und Träume haben ja den unschätzbaren Vorteil, folgenlos zu bleiben.

Ich drehte mich zur Seite. Der Abdruck, den ein menschlicher Körper hinterlassen hatte, sah sehr real aus. Und die beiden Haare, die ich auf dem Kopfkissen entdeckte, entsprachen in Länge und Farbe nicht den meinen.

Plötzlich fühlte ich mich schwach und niedergeschlagen. Wie ich Christine kannte, würde sie die Ereignisse der letzten Nacht nicht auf sich beruhen lassen. Was stand mir bevor?

Von jenseits der Gräfte drangen aufgeregte Stimmen in mein Zimmer. Richtig, es war Sonntag, der beliebteste Tag für Schlössertouren. Ich begann, Disselburg zu hassen. Es kam mir auf einmal klein und eng vor, so wie ein altersschwacher Aufzug, den man mit einem unguten Gefühl betritt. Ob Christine mit ihrer Tochter nach Holland gefahren war? Das würde mir einen Aufschub gewähren, vor der nächsten, unabwendbar auf mich zukommenden Begegnung.

Ich dachte an Sarah, meine eigene Tochter, und bekam große Lust, mit ihr den Tag zu verbringen, ziellos herumzuschlendern und ständig ungesunde Dinge zu kaufen und zu essen. Da ich fürchtete, bei zu langem Warten den Mut zu verlieren, rief ich meine Exfrau sofort an.

Imke war gewohnt einsilbig: »Du?«

»Du hast Recht, ich hätte mich melden müssen. Es tut mir auch Leid. Aber ich stecke in einem schwierigen Fall und hab's total verschwitzt.«

»Aha.«

»Zufällig hat sich jetzt ergeben, dass ich den Sonntag doch frei habe, und ich dachte, ich könnte mit Sarah ...«

»Sarah und ich haben schon etwas vor«, fiel mir meine Ex ins Wort.

»Schade. Ich würde mich wirklich freuen ...«

Imkes Stimme wurde eine Spur schärfer. »Zwei Wochen lang verschwendest du keinen Gedanken an Sarah. Und dann glaubst du, du könntest einfach auftauchen und den lieben Papa spielen.«

»Imke, ich ...«

»So läuft das nicht, Georg. Ich bin nicht länger bereit, dich an deine Verpflichtungen zu erinnern.«

»Wieso ...«

»Vor zwei Tagen habe ich in deinem Büro angerufen und musste mich von deiner dummen Sekretärin abwimmeln lassen.«

»Ich habe keine Sekretärin.«

»Du weißt, von welcher Person ich rede: dieses mopsige Mädchen mit der stacheligen Frisur.«

»Franka ist meine studentische Aushilfskraft.«

»Ist mir doch scheißegal, wer oder was sie ist. Die blöde Kuh hat so getan, als sei dein Aufenthaltsort ein Staatsgeheimnis.«

Dummerweise verliefen die Telefongespräche mit Imke in immer gleichen Bahnen. Nachdem sie ihre übliche Ration Ärger auf mir abgeladen hatte, überfiel mich eine geistige und körperliche Lähmung. Ein paar Minuten lag ich starr im Bett, dann überlegte ich, ob ich Franka anrufen sollte. Seit Tagen hatte ich nichts mehr von ihr gehört. Jetzt war eigentlich der richtige Zeitpunkt gekommen, mir Sorgen zu machen. Andererseits fühlte ich mich zu kraftlos, um weitere Vorwürfe zu ertragen.

Ich stand auf und wankte zum Fenster. Scharen von Touristen strömten durch den Schlosspark, gut gelaunte Familien und verliebte Paare. Ich kam mir alt und überflüssig vor.

Mit letzter Anstrengung kroch ich ins Bett zurück und zog mir die Bettdecke über den Kopf.

Am Montagmorgen riss mich Franka aus dem Schlaf. Zuerst begriff ich nicht, was passiert war. Franka tobte und heulte abwechselnd, sie verschluckte Silben und Worte und manchmal versagte ihre Stimme gänzlich. Nach und nach schälte sich heraus, dass sie bei Schichtbeginn von ihren Kolleginnen in die Mangel genommen worden war. Anscheinend hatte eine von ihnen herausgefunden, dass Franka eine Detektivin war und mit dem Auftrag in der Supermarktfiliale arbeitete, die dem Personal angelasteten Diebstähle aufzuklären.

Aus Frankas empörtem Gestammel reimte ich mir zusammen, dass es zu einer handgreiflichen Begegnung im kleinen Aufenthaltsraum gekommen war. Mehrere Kassiererinnen und Regalauffüllerinnen hatten meine Assistentin mit unflätigen Worten und geballten Fäusten traktiert, und eine dieser Furien – für Franka der Gipfel der Erniedrigung und Demütigung – hatte ihr sogar ein Büschel Haare ausgerissen.

Ich versprach, sofort nach Münster zu kommen und die Angelegenheit zu klären. Was ich, nach einem ausgiebigen Frühstück, auch tat.

Trotz des nicht gerade gelungenen Starts fühlte ich mich erheblich besser als am Vortag. Meine seelische Krise hatte ich weitgehend überwunden, auch begünstigt durch die Tatsache, dass Christine nichts von sich hatte hören lassen. Irgendwie hoffte ich, dass der Kelch einer längeren Beziehungsdiskussion an mir vorübergehen würde.

Den Sonntag hatte ich überwiegend im Bett verbracht. Erst am Abend hatte ich mich in das Hotelrestaurant gewagt und nach einem ausgezeichneten Mahl noch eine Runde durch den inzwischen von den Touristen verlassenen Schlosspark gedreht. Auch die Attentäter und Leichenschänder hatten nichts Neues von sich hören und sehen lassen. Nach einer ungestörten Nacht fühlte ich mich frisch und ausgeruht. Jedenfalls gefestigt genug, um meiner Assistentin Trost und Zuversicht zu spenden.

Franka hatte ein paar rote Flecken im Gesicht, sah aber ansonsten unverletzt aus. Wegen ihrer unübersichtlichen Frisur fiel auch das ausgerissene Haarbüschel nicht weiter auf.

»Solche Jobs mache ich nie wieder«, empfing sie mich, als ich das Büro betrat. »Vielleicht höre ich auch ganz auf. Es gibt genug andere Möglichkeiten, ein Studium zu finanzieren, dafür muss ich mich nicht von wild gewordenen Hexen foltern lassen.«

»Nun beruhige dich erst mal«, empfahl ich. »So etwas gehört zum Berufsrisiko einer Privatdetektivin.«

»So? Hast du mich darüber aufgeklärt?«

»Ich kann mich daran erinnern, dass mich mal eine Gruppe von Veganern in einer Höhle eingesperrt hat.«

»Ach, das!« Sie winkte ab. »Das ist doch Schnee von vorgestern.«

Damals waren wir uns zum ersten Mal begegnet, Franka hatte zu den militanten Tierfreunden gehört.

Ich ging zur Kaffeemaschine und holte mir eine Tasse Kaffee. Die Tatsache, dass sie daran gedacht hatte, Kaffee aufzusetzen, ließ mich Hoffnung schöpfen. Ihre Berufsmüdigkeit war wohl doch nicht so fundamental, wie sie vorgab.

»Und was machen wir jetzt?«, fragte sie einigermaßen sachlich.

»Wir gehen zum Personalchef der Supermarktkette und geben den Auftrag zurück. Nachdem du aufgeflogen bist, macht die Sache ja ohnehin keinen Sinn mehr.«

Die Verwaltungszentrale der Supermarktkette residierte in einem grauen, vollklimatisierten Bunker am südlichen Stadtrand von Münster. Der Personalchef war von unserem Erscheinen nicht sonderlich begeistert. Die Filialleiterin hatte ihn bereits über den kleinen Zwischenfall informiert.

»Sie haben den Auftrag vermasselt«, eröffnete er das Gespräch. »Sie haben schlicht und einfach versagt.«

»Das ist ja wohl unverschämt«, protestierte Franka. »Ich bin enttarnt worden. Irgendjemand hat meinen lieben Kolleginnen etwas gesteckt.«

»Wollen Sie damit andeuten, dass es ein Leck gibt?« Der Personalchef ließ seine Backenknochen rotieren. »Hier in der Zentrale sind nur meine Sekretärin und ich über den Vorgang unterrichtet. Und wir haben mit Sicherheit niemandem etwas *gesteckt*, wie Sie es ausdrücken. Sie werden durch Ihr ungeschicktes Verhalten das Misstrauen der betreffenden Personen geweckt haben.«

»Was?« Franka fuhr in die Höhe.

Ich drückte sie auf den Stuhl zurück. »Wir sollten nicht unnötig auf der Schuldfrage herumreiten«, gab ich zu bedenken. »Setzen wir uns mit den Tatsachen auseinander: Weitere Ermittlungen sind im Moment sinnlos. Die Verdächtigen sind gewarnt und werden sich in nächster Zeit zurückhalten. Immerhin ein Erfolg unserer Arbeit.«

Franka warf mir einen wütenden Blick zu.

»Ein sehr bescheidener«, höhnte der Personalchef. »Wenn ich Sie richtig verstehe, wollen Sie den Auftrag zurückgeben.«

»So könnte man es ausdrücken«, bestätigte ich.

»Dann haben Sie auch Ihren Anspruch auf das Honorar verwirkt. Selbstverständlich erhält Frau Holtgreve ihren Lohn als Regalauffüllerin und damit ist die Sache für uns erledigt.«

»Sie haben ja wohl einen Schuss«, fauchte Franka. »Meinen Sie, ich riskiere meine Gesundheit für nothing?«

Ich stand auf. »Wir sind damit einverstanden«, erklärte ich. »Komm, Franka, wir haben was Besseres zu tun.«

»Und hoffen Sie nicht auf weitere Aufträge!«, rief uns der Personalchef hinterher. »Wir werden uns nach einem Detektivbüro umsehen, das fähigere Leute beschäftigt.«

Kaum hatte ich die Bürotür geschlossen, legte Franka los: »Wieso lässt du dich von dem Typen so einmachen? Das ist ein Arschloch. Ich habe keinen Fehler gemacht. Wir haben ein Recht auf das Honorar.«

»Das weiß ich doch«, sagte ich beruhigend.

»Und? Warum machst du Männchen, anstatt mich zu verteidigen? Warum sagst du ihm nicht, dass er ein aufgeblasener Wichtigtuer ist? Und dass wir ihm Feuer unter seinem breit gesessenen Arsch machen werden, wenn er nicht zahlt?«

»Weil das nichts bringt. Wir müssten unser Honorar einklagen. Das kostet eine Menge Zeit, Nerven und Anwaltsgebühren. Alles Dinge, von denen er mehr hat als wir. Und unter Umständen ziehen wir am Ende den Kürzeren. Manchmal muss man akzeptieren, dass man verloren hat, die Sache schnell abhaken und wieder an die schönen Dinge im Leben denken.«

»Ich wusste gar nicht, dass du so ein Weichei bist.«

»Dann lernst du mal eine neue Seite an mir kennen.« Ich legte meinen Arm um ihre Schulter. »Ich habe eine Idee. In Disselburg könnte ich deine Unterstützung gut brauchen. Was hältst du von ein paar Tagen in einem netten, kleinen Viersternehotel mit ausgezeichneter Küche, alles auf Spesen, selbstverständlich, und Observationen zu zivilen Zeiten in einem gepflegten Schlosspark? Du könntest dich erholen und dabei auch noch richtig Geld verdienen.«

Mein Ablenkungsmanöver gelang. Sie maulte noch zehn Minuten herum und stimmte dann zu. Ich rief Graf Joseph zu Schwelm-Legden an und erklärte ihm, dass ich meine Assistentin in Disselburg dringend benötigen würde. Der Graf war kein Spielverderber und versprach, bei Tonio van Luyden für ein zweites Einzelzimmer zu sorgen.

Am Abend speisten Franka und ich im Hotelrestaurant. Sie trug ein T-Shirt mit der Aufschrift *Runninggag* und war nicht nur wegen dieser selbstkritischen Äußerung, sondern vor allem wegen ihrer bunten Haare die Attraktion des Lokals. Ich ließ die neugierigen Blicke der übrigen Gäste von mir abprallen und widmete mich meiner Hirschkalbskeule mit Maronenspitzkohlstrudel und Himmel und Erde, während sich Franka mit einem Rahmsüppchen von Schwarzwurzeln und einer Krautwickel begnügte. Zu ihren harten Veganer-Zeiten hätte sie nicht einmal das angerührt, weil nicht auszuschließen war, dass der Koch ein paar Spritzer tierischen Fetts verwendet hatte. Inzwischen war sie eine gemäßigte Vegetarierin geworden, angesichts meiner Hirschkeule immer noch ein bemitleidenswertes Schicksal.

Nach der Besichtigung ihres Hotelzimmers und des hoteleigenen Pools hatte sich Frankas Laune erheblich gebessert. Damit war der offizielle Teil meines Plans aufgegangen, nämlich das Betriebsklima des Detektivbüros *Wilsberg & Partner* zu heben.

Es gab noch einen inoffiziellen Teil, den ich Franka nicht verraten hatte. Ihre Anwesenheit würde sich in Disselburg schnell herumsprechen. Und auch wenn es dafür keinen sichtbaren Beleg gab, so würden die professionellen Klatschmäuler doch sofort darauf schließen, dass ich meine jugendliche Freundin mitgebracht hätte. Das, so hoffte ich, würde bei Christine Schmidt zuerst zu einer bitteren Enttäuschung und dann zu dem Entschluss führen, keine weiteren nächtlichen Ausflüge in mein Hotelzimmer zu unternehmen.

Womit ich allerdings nicht gerechnet hatte, war, dass mein Geheimplan so schnell aufgehen würde. Wir nahmen gerade den Nachtisch in Angriff, Passionsfruchttörtchen im Baumkuchenmantel, als Christine hereinrauschte. Fast wäre mir die Kuchengabel aus der Hand gefallen.

Christine positionierte sich neben unserem Tisch und betrachtete Franka mit dem missbilligenden Blick eines Flughafenkontrolleurs, der gerade eine Plastikbombe im Handgepäck gefunden hat. Franka war zu erstaunt, um angemessen zu reagieren.

Langsam drehte Christine ihren Kopf in meine Richtung. »So? Du stehst also auf ganz junge Dinger.«

»Und was war mit dir und Max?«, konterte ich.

»Du könntest ihr Vater sein.«

»Niemals«, sagte ich. »Meine Tochter würde sich besser anziehen.«

Christine beugte sich zu mir herab. Ihr Atem ging schwer und unregelmäßig. »Ich lass mich nicht verarschen, Georg.«

»Das war nicht meine Absicht. *Du* bist in mein Hotelzimmer gekommen, hast du das schon vergessen?«

Meine Worte verhallten wirkungslos. Christine griff nach dem Dessert. »Du mieses Stück!«

Der Kuchen klatschte gegen mein Hemd, ein paar Krümel rutschten unter den Hemdkragen. Ich zuckte zurück, schon hatte Christine Frankas Weinglas in der Hand.

»Nein!« Ich wehrte das Glas ab, der Inhalt pladderte auf das Leinentischtuch.

Mit einer letzten, schwungvollen Bewegung schmetterte Christine das Glas auf den Parkettboden, wo es sich in tausend Einzelteile auflöste. Dann stampfte sie genauso energisch davon, wie sie gekommen war.

»Was war das denn?«, fragte Franka.

»Eine Bekannte.« Ich klaubte die Passionsfrüchte von meinem Hemd. »Ich glaube, sie hat sich in die Vorstellung hineingesteigert, dass sie mit mir eine Beziehung anfangen könnte.«

»Hast du ihr dafür einen Grund gegeben?«

»Na ja, vorletzte Nacht ...«

»Einmal vögeln und dann tschüss, wie?«

»Was für eine entsetzlich triviale Ausdrucksweise«, tadelte ich sie. »Außerdem bin ich gänzlich unschuldig, sie hat sich in mein Hotelzimmer geschlichen.«

Um ihre breiten, lilafarbenen Lippen spielte ein wissendes Lächeln. »Deshalb sollte ich wohl unbedingt mitkommen?«

Sie war gar nicht so dumm.

Kellnerinnen und Kellner, die die Peinlichkeit gekonnt überspielten, entsorgten hastig die Glasscherben und sorgten für eine neue Tischdecke. Zu allem Unglück näherte sich Tonio van Luyden mit hochrotem Kopf. Ich machte mich auf eine Strafpredigt gefasst.

»Was hier geschehen ist, entspricht ganz und gar nicht dem Stil des Hauses«, begann er prompt. An den Nebentischen wurde eifrig genickt.

»Ist schon klar. So etwas wird nicht wieder vorkommen«, versprach ich.

Während er weiter über Gastfreundschaft, die man zu schätzen habe, und ähnliche Dinge redete, verbarg ich hinter einem geknickten Gesichtsausdruck meine heimliche Freude, Christine auf so spektakuläre Weise ausmanövriert zu haben.

Später am Abend überließ ich Franka vor dem Haus der Fahlenbuschs den Wagen, verbunden mit dem Auftrag, Tochter Ina im Auge zu behalten, falls sie das elterliche Heim verlassen sollte. Ich selbst spazierte in den Disselburger Ortskern. Dort, neben dem Feinkostladen, wohnte Max Mehring.

Mehrings Augen flackerten und sein Atem roch nach Alkohol. »Sie?«

Aus den Lautsprechern der Audio-Anlage dröhnte der gesungene Lebensschmerz eines Depri-Rockers. Mehring drehte die Lautstärke herunter.

»Was verschafft mir die Ehre?«

»Immer noch dieselbe leidige Geschichte.«

»Ach ja? Wollen Sie ein Bier?«

»Nein, danke.« Ich setzte mich auf einen Sessel. Das Wohnzimmer war klein, aber durchaus geschmackvoll eingerichtet. Der Teppichboden und die Schränke hätten allerdings eine gründliche Reinigung vertragen.

Er schlurfte in die Küche und kam mit einer frisch geköpften Flasche zurück.

»Manchmal geht mir der Job so was von auf den Geist.« Ächzend ließ er sich auf ein schmales Ledersofa fallen und verschluckte ein Drittel des Flascheninhalts. »Diese ewigen Vereinsversammlungen und Seniorengeburtstage sind unerträglich. Ich weiß nicht, wie lange ich das noch aushalte.«

Ich nickte verständnisvoll.

»Aber Sie sind sicher nicht gekommen, um sich mein Gejammer anzuhören.«

»Ich würde gern Ihre Meinung zu einigen Informationen hören, die ich gesammelt habe.«

»Schießen Sie los!«

»Über den früheren Jagdaufseher Wolfgang Nieswind und Alex van Luyden, zum Beispiel.«

Mehring grinste schief. »Die beiden sind schwul, das wissen Sie wohl inzwischen.«

»Ja. Und sie waren ein Paar, bis der Graf eingegriffen hat.«

»So erzählt man sich. Nieswind ist daraufhin abgetaucht. Aber das ist schon einige Jahre her. Glauben Sie etwa, dass das eine Bedeutung für die aktuellen Ereignisse hat?«

»Nicht auszuschließen. Sie waren doch auch mal mit Alex van Luyden befreundet.«

Er verschluckte sich und musste husten. »Wir waren als *Jugendliche* befreundet. Wir sind im gleichen Alter, haben dieselbe Schule besucht. Und er wohnte im Schloss. Ich habe ihn natürlich beneidet. Für uns war das Schloss der absolute Hit, ein riesiger Abenteuerspielplatz. Wir sind durch die dunklen Gänge geschlichen und haben uns als Ritter gefühlt, manchmal haben wir uns auch einen Spaß daraus gemacht, Touristen zu erschrecken. Mehr war da nicht. Ich bin nicht schwul und Alex hat nicht versucht, mich rumzukriegen. Wahrscheinlich wusste er damals selbst noch nicht, dass er schwul ist.«

Eine lange Verteidigungsrede, wenn man bedachte, dass ich ihm gar keinen Vorwurf gemacht hatte.

»Wovor haben Sie Angst?«, fragte ich geradeheraus.

»Ich?« Die Erwähnung seiner Beziehung zu Alex hatte ihn ernüchtert. »Ich habe keine Angst.«

»Tatsächlich habe ich einen anderen Eindruck.«

»Sie irren sich. Ich glaube nur, dass Sie auf dem Holzweg sind, wenn Sie die Anschläge auf das Schloss in Verbindung mit Alex van Luyden und Wolfgang Nieswind bringen.«

Ich wischte seinen Einwand beiseite. »Was wissen Sie über die Leiche, die stückweise zum Vorschein kommt?«

»Nichts.«

»Als ich im Rathaus von dem Knochen erzählte, wurden Sie bleich wie eine Leinwand.«

»Es ging mir nicht gut, das habe ich Ihnen doch gesagt.«

»Ich denke, dass Sie mehr wissen, als Sie zugeben.«

»Denken Sie, was Sie wollen!« Er leerte die Flasche fast bis zum Grund. »Kümmern Sie sich nicht um die Leiche!«

»Warum?«

»Weil sonst noch ein Unglück geschieht.«

»Ist das eine Drohung?«

»Eine Prophezeiung.« Er rülpste. »Wenn Sie nichts dagegen haben, würde ich den Rest des Abends lieber allein verbringen. Sie wissen ja, wo die Tür ist.«

Die drei oder vier Kilometer bis zum Schloss legte ich zu Fuß zurück. Falls es in Disselburg einen öffentlichen

Nahverkehr gab, dann fand er jedenfalls nicht in den späteren Abendstunden statt. Andererseits gab mir der Fußmarsch Gelegenheit, über das Gespräch mit Max Mehring nachzudenken.

Es hatte tatsächlich nicht wie eine Drohung geklungen, als er sagte, es würde noch ein Unglück geschehen. Eher wie eine Warnung, dass ich jemanden in Gefahr bringen könnte. Aber wen? Ihn selbst? Alex van Luyden? Und worin bestand die Gefahr? Was durfte ich nicht herausfinden?

Der Wind raschelte in den Bäumen. Allmählich wurden die Nächte kühler. Zumindest nachts streckte der Herbst seine windigen Finger aus.

Eines stand fest, Max Mehring war kein unbeteiligter Beobachter, sondern ganz nah am Zentrum des Geschehens. Innerhalb weniger Tage hatte er rapide abgebaut. Aus dem gegelten Kleinstadt-Cowboy war ein fahriges Nervenbündel geworden. Er hatte Angst. Aber wovor?

Hinter den Bäumen des schmalen Waldgürtels tauchte das von Scheinwerfern angestrahlte Schloss auf. Irreal schön schwebte es über dem aus den Gräften aufsteigenden Dunst, so als könne ihm niemand etwas anhaben. Ein falscher Eindruck, wie ich wusste.

Der Kies der Zufahrt knirschte unter meinen Schuhsohlen. Fast hätte ich das Klirren überhört. Ich begann zu rennen. Mehr aus Pflichtgefühl, denn ich konnte unmöglich sagen, auf welcher Seite des Schlosses die Fensterscheibe zu Bruch gegangen war.

Vor dem Portal lag ein Pappkarton, kleiner als der erste, in dem sich der Oberschenkelknochen befunden hatte.

Vorsichtig klappte ich den Deckel auf. Ein Totenkopf grinste mir entgegen.

Ohne dass ich sein Kommen bemerkt hatte, stand der Graf plötzlich neben mir.

»Ein Kopf«, sagte ich überflüssigerweise.

Er starrte nur grimmig in den Karton.

Und dann trabte Franka über die Zugbrücke. Ein triumphierendes Lächeln glühte auf ihrem Gesicht.

»Ich weiß, wer geschossen hat«, verkündete sie stolz. »Das war ganz einfach. Wieso hast du das nicht schon längst herausgefunden?«

X

Franka und ich saßen auf einer Bank in der Polizeistation von Disselburg und warteten. Ich hatte nicht allzu viel geschlafen und fühlte mich müde und zerschlagen. Franka dagegen war aufgekratzt und munter, sie kostete in vollen Zügen ihren Sieg aus. Dass sie einfach nur ein wenig Glück gehabt hatte, etwas, dass mir in den Tagen zuvor nicht vergönnt gewesen war, wollte ich ihr nicht auf die Nase binden. Nach dem Desaster im Supermarkt konnte sie ein kleines Erfolgserlebnis gut vertragen.

Franka war bereits als Zeugin vernommen worden. Nun musste sie noch das Protokoll unterschreiben, das ein Beamter der Station gerade im Zweifingersuchsystem abtippte. Ich blätterte zum dritten Mal die Lokalzeitung durch und suchte verzweifelt nach einem Artikel, den ich noch nicht gelesen und schon wieder vergessen hatte.

Ab und zu schlich Oberkommissar Fahlenbusch über den Flur. Der Mann war nur noch ein Schatten seiner selbst. Bleich und geschockt starrte er auf die Tür, hinter der seine Tochter und Michael Loddenbaum saßen und von Stürzenbecher und Kommissarin Hülting verhört wurden.

Franka war den beiden gefolgt und hatte beobachtet, wie sie den Karton vor dem Schlossportal abgestellt und anschließend ein Fenster eingeschossen hatten. Die entscheidende Frage jedoch, derentwegen Stürzenbecher und Hülting sich nach Disselburg bemüht hatten, war die nach der Leiche. Wo hatten Ina und Michael das Skelett gefunden? Und wer war der Tote?

Natürlich war auch ich auf die Lösung gespannt. Zwei Stunden saßen die vier jetzt schon zusammen.

Erneut kam Fahlenbusch um die Ecke. Und wieder mied er schuldbewusst meinen Blick.

»Tja, zu dumm, wenn man zu Hause über die Arbeit plaudert«, sagte ich halblaut.

Er tat so, als habe er nichts gehört.

»Und ein bisschen mehr Taschengeld hätten Sie ihr auch zahlen sollen. Dann wäre sie vielleicht nicht auf den Gedanken gekommen, es vom Grafen aufbessern zu lassen.«

»Arschloch!«, presste er zwischen den Lippen hervor und beschleunigte seine Schritte.

»Habt ihr ein Problem?«, fragte Franka.

»Fahlenbusch hat meine Arbeit nicht gerade erleichtert«, teilte ich ihr mit. »Möglicherweise hat er etwas geahnt und seine Gründe gehabt.«

Die Tür öffnete sich und Hauptkommissar Stürzenbecher trat heraus. Auf seinem Gesicht lag ein zufriedenes Lächeln. Irgendwie fühlte ich mich als Minderheit, umgeben von lauter Siegern.

»Wir haben sie weich gekocht«, sagte Stürzenbecher vertraulich. »Sie haben die Leiche im Schloss gefunden.«

Wir fuhren zusammen mit Stürzenbecher. Kommissarin Hülting folgte mit den Jugendlichen und der halben Disselburger Polizeiwache in weiteren Wagen.

»Sie haben ausgesagt, dass es ihnen gar nicht auf das Geld angekommen sei«, erzählte Stürzenbecher. »Die Geldforderung sei nur ein Test gewesen. Sobald der Graf nachgegeben und gezahlt hätte, wollten sie ihre eigentliche Forderung stellen.«

»Der Graf sollte seine Grundstücke im Dinklager Moor nicht verkaufen«, sagte ich. »Auf diese Weise wollten sie die neue Umgehungsstraße verhindern.«

Stürzenbecher schaute mich erstaunt an. »Woher weißt du das?«

»So ganz untätig war ich in der letzten Woche auch nicht.« Das musste mal gesagt werden.

»Genau so war's«, bestätigte der Hauptkommissar. »Aber das nützt ihnen wenig. Politische Ziele hin oder her, sie werden wegen Sachbeschädigung und Erpressung vor Gericht gestellt. Beide sind über sechzehn und können nach Jugendstrafrecht verurteilt werden. Allzu schlimm wird's wohl trotzdem nicht werden, da sie nicht vorbestraft sind. Wenn sie Glück haben, kommen sie mit einer Bewährungsstrafe und ein paar hundert Stunden Sozialdienst davon.«

»Und wer war zu Lebzeiten der Träger des Totenkopfs?«, fragte ich.

Stürzenbecher ließ sich Zeit mit der Antwort. »Nun, das ist das große Rätsel. Die Geschichte von Ina und Michael, die recht glaubwürdig klingt, geht so: Vor etwa einem Jahr seien sie durch ein beschädigtes Kellerfenster in die unterirdischen Gänge des Schlosses gestiegen. Anscheinend übt das Schloss seit jeher eine gewisse Anziehungskraft auf die Disselburger Jugend aus. Pärchen finden es wohl prickelnd, in gruftiger Atmosphäre herumzuknutschen oder Gänsehaut-Sex zu betreiben.«

»Wie ekelig«, ließ sich Franka vernehmen.

Stürzenbecher schaute über die Schulter zu meiner Assistentin. »Bei Erwachsenen entwickelt sich das dann zu bizarrem Sado-Maso-Sex. Ich hab schon Videos gesehen ...«

»Zur Sache!«, mahnte ich ihn.

»Was Ina und Michael gemacht haben, war wohl eher harmlos. Sie seien ein bisschen herumgeschlichen, sagen sie, und dabei zufällig in einem Kellerraum auf einen Riss in einer brüchigen Wand gestoßen. Aus reiner Neugier habe Michael den Riss mit seinem Taschenmesser verbreitert, bis er mit einer Taschenlampe den dahinter liegenden Hohlraum ausleuchten konnte. Kurzum, sie entdeckten das Skelett. Sie bekamen einen gehörigen Schreck und türmten Hals über Kopf. Anschließend behielten sie ihr Geheimnis für sich, da sie Angst hatten, den Einbruch ins Schloss zuzugeben. Erst viel später«, fuhr Stürzenbecher fort, »als sie bereits in dieser Umweltbewegung aktiv waren, kam ihnen der Gedanke, das Skelett gegen den Grafen einzusetzen. Sie glaubten, dass sie ihn damit unter Druck setzen könnten. Also kehrten sie noch einmal in den Keller zurück, verbreiterten das Loch und holten den Oberschenkelknochen und den Kopf heraus.«

»Wieso ist niemand anderem das Loch aufgefallen?«, wunderte ich mich.

»Soweit ich verstanden habe, ist das Kellersystem weit verzweigt. Außerdem behauptet Michael, er habe eine Holzplatte vor das Loch gestellt. Übrigens haben die beiden auch eine Theorie, um wen es sich bei dem Toten handelt.«

»Ach«, sagte ich widerwillig. Manchmal ging mir Stürzenbecher mit seiner Art, eine Geschichte spannend zu machen, gehörig auf die Nerven.

»Sie glauben, dass die Leiche des ehemaligen Jagdaufsehers Wolfgang Nieswind dort eingemauert worden ist. Offensichtlich hattest du ja eine ähnliche Idee, sonst hättest du mich nicht beauftragt, nach seinem Aufenthaltsort zu forschen.«

»Und was ist dabei herausgekommen?«

»Noch nichts. Die Kollegen in Australien haben die Anfrage erst gestern bekommen. So etwas dauert.«

Der Hauptkommissar kraulte seinen Nasenrücken. »Die ganze Erpressungsgeschichte macht natürlich nur Sinn, wenn der Graf etwas mit dem Toten und seiner kalten Gruft zu tun hat. Ansonsten hätten ihn die Knochen nicht beunruhigen können. Warten wir mal ab, was die Untersuchung bringt.«

Michael und Ina führten uns. Sie hatten zuerst Schwierigkeiten, sich zu orientieren, da wir natürlich nicht durch das Kellerfenster, sondern vom Bergfried aus in das Kellergeschoss hinabgestiegen waren. Die ersten Räume waren noch halbwegs sauber, gefüllt mit allerlei ausrangiertem Plunder aus den vergangenen Jahrhunderten. Dann kamen wir in die dunkleren, schlechter belüfteten Zonen. Dicke Spinnweben hingen wie in einem zweitklassigen Dracula-Film von der Decke und gelegentlich trat ich auf etwas Weiches, das sich nicht identifizieren ließ. Neben mir stieß Franka ein unterdrücktes Iiih nach dem anderen aus.

Der Graf hatte sich uns mit besorgtem Gesicht angeschlossen. Je länger die Expedition durch das unterirdische Labyrinth dauerte, desto stiller wurde die Gruppe. Nach und nach verstummten die anfangs noch lebhaft geführten Gespräche.

Endlich blieb Michael stehen. »Das ist der Raum«, sagte er lahm.

Ina nickte stumm. Beide wirkten eingeschüchtert und verängstigt. Stürzenbecher hatte ihnen wohl mächtig zugesetzt.

Die Lichtkegel der Taschenlampen huschten in die Ecken. Hölzerne Weinregale, sporadisch mit leeren Flaschen bestückt, wurden sichtbar.

»Der frühere Weinkeller«, sagte der Graf. »Hier lagerten die alten Schätze meines Vaters, zum Teil noch aus der Zeit vor dem Zweiten Weltkrieg.«

»Die Wand da drüben.« Michael streckte seinen Arm aus.

Die Taschenlampen schwenkten in die angegebene Richtung.

»He! Das Regal stand beim letzten Mal nicht da«, sagte Michael verblüfft.

Zwei Polizisten schoben das Regal zur Seite. Die Wand wies kein Loch auf. Dafür einen kreisrunden Fleck, der neuer aussah als das übrige Mauerwerk.

»Das waren wir nicht, ehrlich«, beteuerte Michael. »Wir haben die Wand nicht zugemauert.«

»Aufbrechen!«, befahl Stürzenbecher.

Vorsorglich hatte er bereits vor dem Einstieg in die Unterwelt angeordnet, das notwendige Werkzeug mitzunehmen. Die beiden Polizisten machten sich wieder an die Arbeit. Und fünf Minuten später wussten wir, dass der Hohlraum hinter der Wand leer war.

Stürzenbecher, der seinen großen Kopf durch die Öffnung gesteckt hatte, zog ihn vorsichtig zurück. »Frau Hülting, sorgen Sie dafür, dass die Spurensicherung das hier untersucht. Bis dahin darf niemand den Raum betreten. »Sie«, wandte er sich an einen der Disselburger Polizisten, »bleiben als Wache vor der Tür.«

Der Mann sah nicht begeistert aus.

»Der Grundriss ist nicht sehr genau«, sagte der Schlossherr von Disselburg. Stürzenbecher und ich standen zusammen mit dem Grafen zu Schwelm-Legden in dessen Arbeitszimmer. Vor uns auf der Arbeitsfläche lag eine großformatige Zeichnung, die die Grundfläche des Kellergeschosses wiedergab.

»Das Schloss ist im Laufe der Jahrhunderte immer wieder umgebaut worden, ganz abgesehen von Feuersbrünsten und Beschädigungen durch kriegerische Auseinandersetzungen, die zu umfangreichen Restaurierungsmaßnahmen zwangen. So ist es theoretisch denkbar, dass ein solch toter Raum entstehen konnte. Trotzdem glaube ich nicht, dass die Wand sehr alt ist.«

»Wie meinen Sie das?«, fragte Stürzenbecher, der Mühe hatte, dem Grafen zu folgen.

»Ich meine, dass die Wand vor gar nicht so langer Zeit neu errichtet wurde. *Gar nicht so lange* bezieht sich selbstverständlich auf das Alter des Schlosses. Sagen wir: in den letzten zwanzig Jahren.«

»Aha«, sagte Stürzenbecher. »Wenn ich das mal in schlichtes Deutsch übersetzen darf: Sie glauben, dass jemand den Mann ermordet und dann eine Mauer gebaut hat, um die Leiche zu verstecken.«

»So könnte man es ausdrücken«, stimmte der Graf zu. »Unter der Voraussetzung, dass der Mann tatsächlich ermordet worden ist.«

»Es sieht so aus, als habe ihm jemand auf den Kopf geschlagen«, meinte der Hauptkommissar. »Genaueres müssen die Gerichtsmediziner herausfinden, so gut das bei einer Leiche möglich ist, von der wir nur den Schädel und einen Oberschenkelknochen haben. Haben Sie eine Idee, wer die Wand gebaut haben könnte?«

Graf Joseph zuckte die Achseln. »Das entzieht sich völlig meiner Vorstellungskraft.«

»Sie vielleicht?«

»Ich?« Der Graf schaute Stürzenbecher entrüstet an. »Warum sollte ich so etwas tun, Herr Hauptkommissar?«

»Um sich der Leiche Ihres Jagdaufsehers Wolfgang Nieswind zu entledigen.«

»Aber«, Schwelm-Legden warf mir einen raschen Blick zu, »das habe ich mit Herrn Wilsberg doch schon mehrfach erörtert. Wir, das heißt mein Sohn Wilhelm und ich, haben Nieswind kein Haar gekrümmt. Wir sind nicht gerade freundlich mit ihm umgegangen, das stimmt, aber ich versichere an Eides statt, dass Nieswind das Schlossgelände unverletzt verlassen hat. Ich glaube nicht, dass er sich anschließend in den Keller geschlichen hat, um dort seinem Mörder zu begegnen.«

»Hat Nieswind schlechte Zähne?«, wechselte Stürzenbecher das Thema.

»Nein. Er war ja ein junger und gesunder Mensch.«

»War?«

»Als er für mich gearbeitet hat. Über seinen heutigen Gesundheitszustand kann ich keine Auskünfte geben.«

»Die Zähne wären ein Punkt für Sie«, stellte Stürzenbecher fest. »Der Tote hatte nämlich schlechte Zähne. Wir werden das noch bei Nieswinds Zahnarzt überprüfen. Mal angenommen, der Tote ist nicht Nieswind, wer könnte es sonst sein?«

»Da bin ich überfragt«, sagte der Graf bedauernd.

Es klopfte an der Tür und Franka kam herein.

»Echt geil, das Schloss!« Franka hatte die Zeit genutzt, um einen Rundgang durchs Schloss zu machen.

Der Graf bewahrte Contenance: »Freut mich, dass Ihnen mein Anwesen gefällt.«

»Und diese putzigen Betten! Wie klein die Leute damals gewesen sein müssen.«

Joseph zu Schwelm-Legden lächelte. »In den früheren Jahrhunderten waren die Menschen zwar kleiner als heute, aber so klein nun auch wieder nicht. Das gräfliche Paar, dem das Bett gehörte, hat im Sitzen geschlafen.«

»Wieso das denn?« Franka starrte ihn mit offenem Mund an.

»Zu der Zeit befürchteten die Menschen, sie würden ersticken, wenn sie im Liegen schlafen würden. Ein Aberglaube, der sich lange gehalten hat.«

Stürzenbecher räusperte sich. »Das ist ja alles sehr interessant ...«

»Schade, dass wir schon wieder abreisen müssen«, unterbrach ihn Franka ungerührt. »Ich wäre gerne noch ein paar Tage geblieben.«

Das war mein Stichwort. »Tatsächlich sollten wir uns jetzt zurückziehen. Unser Auftrag ist erfüllt.« Ich reichte dem Grafen die Hand. »Sie erhalten von mir einen Abschlussbericht und die Rechnung.«

Der Graf nickte nachdenklich. »Lieber wäre es mir, Sie würden noch bleiben. Das geht nicht gegen die Mordkommission«, sagte er mit einer entschuldigenden Handbewegung zu Stürzenbecher. »Aber in meinem eigenen Interesse möchte ich natürlich wissen, um wen es sich bei dem Toten handelt.«

Ich spürte einen Tritt gegen den Unterschenkel. »Warum nicht? Gilt das auch für meine Assistentin?«

»Selbstverständlich«, gab sich Graf Joseph charmant. »Schließlich hat die junge Dame den entscheidenden Tipp zur Ergreifung der Vandalen geliefert.«

Das saß.

XI

Auf der Außenterrasse des Schlosscafés genossen wir wieder einmal einen der angeblich letzten warmen Tage des Jahres, von denen sich nun schon so viele aneinander gereiht hatten. Ich ließ meinen Blick über die Gräften und die Parklandschaft schweifen. Noch ein paar Tage Disselburg. Warum nicht?

Allmählich hatte ich mit Hilfe von zwei Cappuccini meine Müdigkeit abgeschüttelt. Franka war Feuer und Flamme für den neuen Auftrag. Der Supermarkt-Job musste schlimmer gewesen sein, als ich gedacht hatte.

Ich schob mir ein Stück Erdbeerkuchen in den Mund.

»Nun erzähl schon!«, drängte Franka.

Sie wollte alles wissen, was ich in der vergangenen Woche herausgefunden hatte. Also berichtete ich von den Disselburger Naturfreunden und ihrem Kampf gegen die Umgehungsstraße durch das Dinklager Moor, dem Vogel-Tick des Grafen, seinem missratenen, arroganten Sohn und der aus der Art geschlagenen, sympathischen Tochter, der anhaltend depressiven Phase des Künstlers Alex van Luyden und seiner unglücklichen Liebe zu dem Jagdaufseher Wolfgang Nieswind, die ein abruptes Ende gefunden hatte, schließlich von dem merkwürdigen Verhalten des Lokalreporters Max Mehring und seiner kryptischen Drohung.

»Die Frage, auf die wir uns konzentrieren müssen«, fasste ich meine Überlegungen zusammen, »lautet: Wer hat die restlichen Knochen aus dem Hohlraum weggeschafft und die Wand wieder zugemauert, wenn es, wovon wir wohl ausgehen können, nicht Ina und Michael waren?«

»Der Mörder«, schlug Franka vor. »Er hat mitbekommen, dass die beiden auf das Skelett gestoßen waren, und versucht, das restliche Beweismaterial zu beseitigen.«

Ich blinzelte gegen die tief stehende Sonne. »Ein nahe liegender Gedanke.«

»Du könntest mich ruhig loben«, meinte Franka. »Das war ein sehr guter Gedanke.«

»Von mir aus«, sagte ich gnädig. »Allerdings hat der Mörder seine Aktion zu spät gestartet. Ina und Michael waren bereits im Besitz des Schädels und der bietet nun mal die beste Möglichkeit, jemanden zu identifizieren.«

»Wegen der Zähne«, platzte Franka heraus. »Findet man den Zahnarzt des Opfers und hat dieser noch ein Röntgenbild im Archiv, ist der Fall genauso klar wie bei einem Fingerabdruck. Ich gucke gelegentlich auch Fernsehen, Georg.«

»Okay«, ging ich darüber hinweg. »Wenden wir uns der zweiten Frage zu: Wo könnte der Mörder die Knochen versteckt haben?«

Wir verfielen in Schweigen. Ich aß meinen Erdbeerkuchen zu Ende und steckte einen Zigarillo an.

Schließlich sagte Franka: »Auf dem Friedhof.«

»Das ist doch albern.«

»Überhaupt nicht«, beharrte Franka. »Am besten versteckt man Dinge da, wo sie ganz offensichtlich sind. Und wo gibt es die meisten menschlichen Knochen? Auf dem Friedhof.«

Ich dachte darüber nach. Ihrem Argument ließ sich ein gewisser Charme nicht absprechen.

»Na schön. Schauen wir uns den Disselburger Friedhof an.«

Schon mindestens zwanzigmal war ich über die kleine, nur mit Holzgeländern abgesicherte Brücke gefahren, die über den äußersten Wassergraben führte und den Schlossparkplatz mit der Landstraße verband. Deshalb gab es keinen Grund anzunehmen, dass das einundzwanzigste Mal ein Problem darstellen würde. Und so war ich vollkommen überrascht, als bei der Anfahrt auf die Brücke plötzlich die Lenkung versagte. Ich kurbelte am Lenkrad und der Wagen fuhr einfach geradeaus.

Auch das allein hätte noch nicht für eine Katastrophe gereicht. Ich hielt mich an die vorgeschriebenen dreißig Stundenkilometer, Zeit genug für eine Vollbremsung. Wäre da nicht meine Schrecksekunde gewesen, das vollkommene Erstaunen über ein Auto, das nicht mehr dem Willen seines Lenkers gehorcht. Als ich auf die Bremse trat, befand sich der Kühlergrill schon unmittelbar vor dem Geländer, und als der Wagen endlich zum Stehen kam, ragte der vordere Teil bedrohlich weit über die Brücke hinaus.

»Georg!«, kreischte Franka.

Die Situation verwandelte sich in eine Superzeitlupe. Was in Echtzeit wohl nur drei Sekunden dauerte, brannte sich wie ein kompletter Spielfilm in mein Gedächtnis. Ganz langsam neigte sich die Motorhaube zum Wasser und dann rutschte das Auto in die Gräfte.

Frankas angespitzte Fingernägel durchbohrten mein Jackett und krallten sich in meinem Oberarm fest.

»Keine Panik!«, schrie ich.

»Keine Panik?«, schrie Franka zurück.

Mein Herz raste, setzte aus, veranstaltete einen Salto oder was auch immer in der Brust. Nur jetzt keine Herzattacke, dachte ich. Wenn du ohnmächtig wirst, ist es aus.

Ich atmete flach. »Wir müssen warten, bis das Auto voll gelaufen ist, dann lassen sich die Türen leichter öffnen.«

Franka brüllte: »Scheiße, Scheiße, Scheiße.« Ich hatte keine Ahnung, ob sie mich gehört hatte.

Unbestimmte Zeit schwamm der Wagen an der Oberfläche, bevor er nach unten sackte. Weich setzte er auf dem modrigen Grund auf. Das Wasser der Gräfte war trüb und voller Pflanzen, vom Wasserspiegel war nicht mehr zu sehen als ein blassgrüner Schimmer. Trotzdem schätzte ich die Wassertiefe auf höchstens zwei Meter. Eigentlich nicht viel.

Die Brühe gurgelte durch die Türritzen, unsere Füße waren bereits nass. Und das Wasser war verdammt kalt. Warum hatte es nicht wenigstens Schwimmbadtemperatur?

In solchen Augenblicken denkt man an die verrücktesten Sachen. Ich erinnerte mich an eine Folge der Fernsehshow *Wünsch dir was!*, die ich als Kind gesehen hatte. Damals hatten Dietmar Schönherr und Vivi Bach eine vierköpfige Familie samt Auto in einem Wasserbassin versenkt. Die Aufgabe bestand darin, lebend und aus eigener Kraft aus dem Auto herauszukommen. Alle hatten es geschafft – bis auf die Mutter. Die musste von Tauchern herausgezogen werden. Wirklich schade, dass hier keine Taucher herumschwammen.

»Ich will raus!«, kreischte Franka. Das Wasser reichte uns jetzt bis zur Brust.

»Versuchen wir's«, sagte ich.

Ich drückte gegen die Tür. Es war, als würde auf der anderen Seite ein Elefant seinen Hintern dagegen stemmen. Aber ich schaffte es, sie einen Spalt zu öffnen, quetschte mein Bein und dann meinen ganzen Körper in die Öffnung und gelangte hinaus.

Franka drückte auf ihrer Seite – mit weniger Erfolg.

Ich griff ins Wageninnere und zog sie am Arm auf meine Seite. Und irgendwie kamen wir japsend und Wasser spuckend an die Oberfläche.

Kurze Zeit später lagen wir auf der Uferböschung, begafft von einer Senioren-Reisegruppe. Mein Herz hämmerte immer noch wie eine durchgebrannte Turbine, aber allmählich verschwanden die schwarzen Flecken vor meinen Augen.

Franka spuckte ein Stück Alge aus. »Wieso bist du nicht um die Kurve gefahren?«

»Weil ein verfluchtes Arschloch die Lenkung manipuliert hat«, keuchte ich.

Polizei und Feuerwehr trafen ein. Die Disselburger Polizisten behandelten mich wie einen Idioten. Sie unterstellten mir, ich sei aus reiner Blödheit in die Gräfte gefahren, und redeten von einem Verfahren wegen Sachbeschädigung und einer Blutprobe. Ich hielt das für eine Retourkutsche, weil ihr geliebter Anführer, Oberkommissar Fahlenbusch, am Morgen vom Chef der Kreispolizei suspendiert worden war, was sie mir anscheinend persönlich ankreideten.

Nach einigem Geplänkel wurde ich wütend, schnauzte sie an und verlangte, dass die Lenkung des Wagens untersucht werden solle. Mein Gefühlsausbruch hemmte ihren bürokratischen Verfolgungseifer, allerdings war ich skeptisch, ob sie meinen Auftrag ausführen würden. Ich nahm mir vor, mit Stürzenbecher darüber zu reden.

Währenddessen hatten die Feuerwehrleute festgestellt, dass sie mit dem falschen Gerät angerückt waren. Sie versprachen, später noch einmal zurückzukommen und den Wagen aus dem Graben zu hieven.

Franka und ich machten, dass wir zum Hotel kamen. Wir froren in unserer nassen Kleidung und freuten uns auf eine warme Dusche.

Kaum hatte ich mich abgetrocknet, eingecremt und ein frisches Hemd angezogen, klingelte das Zimmertelefon. Es war Stürzenbecher, der wissen wollte, warum ich mein Handy ausgeschaltet hätte. Ich sagte ihm, dass mein Handy gerade die Attraktion der Fischpopulation in der Gräfte sei, mitsamt des Autos, in dem es irgendwo liegen würde. Nachdem ich ihm auch noch den Rest erzählt hatte, versprach er, sich um die technische Untersuchung des Autos zu kümmern.

Dann kam der Hauptkommissar auf den eigentlichen Anlass seines Anrufes zu sprechen: »Die Ergebnisse der Laboruntersuchung des ersten Knochens sind da. Außerdem haben die Bodenproben wesentlich zur Aufhellung des Sachverhalts beigetragen. Diese Wissenschaftler können ja feststellen, wie alt die Rattenpisse ist, die sie vom Boden abkratzen.«

»Bitte keine Details!«, verlangte ich.

»Wie du meinst. Die Experten kommen übereinstimmend zu dem Schluss, dass der Mann vor mindestens sechs, maximal acht Jahren gestorben ist. Nicht aus eigenem Entschluss, übrigens. Jemand hat ihm mit einem schweren Gegenstand auf den Kopf geschlagen, was zu einem Schädelbruch geführt hat.«

»Aha«, sagte ich.

»Ja. Damit fällt dein Jagdaufseher als Opfer aus. Was ich ja schon vermutet habe. Der Schädel ermöglicht auch eine genauere Altersbestimmung. Zum Zeitpunkt seines Todes war der Mann etwa fünfunddreißig Jahre alt.«

»Seid ihr bei der Identifizierung weitergekommen?«

»Nein. Und sie wird vermutlich auch sehr schwierig werden. Die Zähne dieses Typen sehen aus wie die eines Sechzigjährigen. Mit anderen Worten: Sehr wahrscheinlich handelte es sich um einen verwahrlosten Menschen, der in den letzten zehn Jahren vor seinem Tod keine Zahnarztpraxis von innen gesehen hat. Im Keller haben wir auch nichts Interessantes gefunden. Ein paar Fetzen von einem Mantel, aber keine Papiere oder Wertsachen, die uns weiterbringen könnten.« Stürzenbecher machte eine Pause. »Ich glaube, ich werde mal ein paar Tage in Disselburg verbringen. Kann nicht schaden, wenn ich mich vor Ort umsehe.«

»Das Schlosshotel ist sehr zu empfehlen«, sagte ich.

Stürzenbecher grunzte. »Kennst du den Spesensatz, den mir der Polizeipräsident zugesteht? Der reicht gerade für eine billige Pension.«

Der Graf sei auf der Buchs-Insel, verriet mir die ältliche Zofe, nachdem sie ihre natürliche Abscheu, die sie mir gegenüber empfand, überwunden hatte.

Tatsächlich fand ich den Schlossherrn zwischen dem Buchs, den ein findiger Gärtner dazu gebracht hatte, in Ornamentform zu wachsen, bewacht von Putten aus Sandstein, die die zwölf Sternbilder zur Schau trugen.

Graf Joseph war in ein Gespräch mit Tonio van Luyden vertieft, die beiden Männer bemerkten mich erst, als ich neben sie trat. Van Luyden zuckte kaum merklich zusammen, wahrscheinlich hatte er mich gerade verpetzt und von Christine Schmidts Auftritt im Hotelrestaurant erzählt. Das passte zu seinem verlegen gemurmelten Gruß und dem hastigen Abgang.

Der Graf lächelte. »Freut mich, dass Sie gesund und munter sind. Wie ich hörte, haben Sie die Auffahrt zur äußeren Brücke verpasst. Das ist seit zwanzig Jahren nicht mehr passiert, zumal bei so schönem Wetter und guter Sicht.«

»Die Lenkung funktionierte nicht mehr. Jemand wollte, dass ich ins Wasser fahre«, knurrte ich.

»Nein!« Er schien ehrlich bestürzt. »Das heißt, dass es noch nicht zu Ende ist?«

»Genau das heißt es«, stimmte ich zu. »Und ich werde nicht eher ruhen, bis ich das Arschloch – verzeihen Sie die Ausdrucksweise – bei den Eiern gepackt habe. Meine Assistentin wäre beinahe ertrunken.«

Der Graf schüttelte den Kopf und gab ein schnarrendes Geräusch von sich. »Wirklich scheußlich. Und ich dachte, wir hätten das Schlimmste überstanden.«

»Vielleicht hat er es auch nur auf mich abgesehen und Sie sind aus der Schusslinie.«

Ich erzählte ihm von Stürzenbechers neuen Erkenntnissen.

»Also ein Landstreicher«, sagte Joseph zu Schwelm-Legden nachdenklich.

»Ist Ihnen vor sechs bis acht Jahren ein Landstreicher

aufgefallen, der sich in der Nähe des Schlosses herumgetrieben hat?«

»Nein. Das heißt, so genau kann ich das nicht sagen. Im Sommer kommt es immer mal wieder vor, dass ein Landfahrer über den Zaun steigt und im Schlosspark campiert. Falls meine Gärtner so jemanden aufgreifen, geleiten sie ihn mehr oder weniger höflich zum Ausgang. Ich erhalte nicht in jedem Fall davon Kenntnis.« Er spitzte die Lippen. »Wäre es nicht möglich, dass dieser Landstreicher in eine gewalttätige Auseinandersetzung verwickelt war und sich dann schwer verletzt im Keller verkrochen hat, wo er an seinen Verletzungen starb?«

»Und vor seinem Tod hat er noch eine Mauer gebaut, damit ihn niemand findet?«

»Sie haben Recht«, sagte der Graf enttäuscht. »Es muss noch jemand in die Sache verwickelt sein. Aber wer?«

Ich wechselte das Thema: »Gibt es in Disselburg einen Autoverleih? Ohne Auto bin ich aufgeschmissen.«

»Nein. Aber ...«, er lächelte großzügig. »Ich könnte Ihnen meinen Zweitwagen überlassen. Meine Frau hat ihn seit Monaten nicht mehr benutzt. Vorausgesetzt, Sie fahren ihn nicht wieder in die Gräfte.«

»Ich hoffe, es ist kein Rolls-Royce. Ich möchte mein Honorar nicht für Benzin ausgeben.«

»Woher wissen Sie, dass ich englisches Design liebe? Es ist ein Rover 75.«

Die Dämmerung hatte bereits eingesetzt und die Blätter der knorrigen Kastanien raschelten in der Abendbrise, als Franka und ich über den Disselburger Friedhof liefen. Die Idee, die mir zuerst albern und dann viel versprechend erschienen war, kam mir jetzt wieder albern vor.

»Was machen wir hier eigentlich?«, meinte ich frustriert. »Kannst du mir sagen, wonach wir suchen?«

Franka ließ sich nicht von meinem Pessimismus anstecken. Sie ging die Gräberreihen entlang und betrachtete jedes Grab aufmerksam.

»Bald sehen wir überhaupt nichts mehr«, maulte ich.

»Und was hältst du davon?«

»Wovon?«

Sie zeigte auf ein Grab. Die vermoderten Kränze verrieten, dass der Vereinskamerad, Sangesbruder, Vater, Ehemann und Onkel Ernst Westhues verstorben war. Auf den Nachbargräbern lagen Erdklumpen und abgerissene Blumen, und auch die Kränze waren vermutlich mal ordentlicher drapiert worden.

»Sieht das nicht so aus, als ob da gegraben worden wäre?«

»Das ist ein frisches Grab«, belehrte ich sie. »Da wird notwendigerweise gegraben.«

»Aber nicht so. Fragen wir doch einfach die Witwe.«

Manchmal war es sinnlos, Franka zu widersprechen. Sie würde so lange quengeln und mich nerven, bis ich schließlich nachgab. Also stimmte ich gleich zu.

Ernst Westhues stand posthum im Telefonbuch und wir verfuhren uns nur dreimal, bevor wir die Kate an der Straße nach Dinxperlo fanden, in der er vor seinem Ableben gewohnt hatte.

Seine Witwe war eine Frau um die siebzig mit grimmigem Gesicht und stechenden Augen. Wir erzählten ihr, dass wir Reporter der Kreiszeitung seien und an einem Artikel über Grabschändung arbeiten würden.

»Artikel?«, fuhr sie uns an. »Das nützt doch gar nichts. Einsperren sollte man die. Diese verdammten Jugendlichen.«

»Welche Jugendlichen?«, fragte ich.

»Na die, die schwarze Messen auf dem Kirchhof feiern und anderen gotteslästerlichen Unfug treiben. Eine Schande ist das! Wenn mein Kind so etwas machen würde, würde ich ihm den Kopf waschen, dass ihm noch wochenlang die Ohren klingeln.«

Das glaubte ich ihr ohne weiteres.

Sie schimpfte noch eine Weile weiter, bis es mir gelang, die eine oder andere Zwischenfrage zu stellen. Dabei kam heraus, dass sie ihr Wissen über das, was Jugendliche auf Friedhöfen trieben, aus einem Fernsehbericht bezogen hatte. Tatsächlich hatte sie keine Ahnung, wer sich am Grab ihres verstorbenen Mannes vergangen hatte. Aber dass es nicht mehr so aussah wie einen Tag nach der Beerdigung war ja auch schon bemerkenswert.

XII

Es musste ja so kommen. Es konnte einfach keinen besseren Zeitpunkt für den längst überfälligen ersten Regenschauer des Herbstes geben, als der Moment, in dem die Friedhofsgärtner begannen, das Grab von Ernst Westhues auszuheben. Und es war kein zartes Tröpfeln, kein angenehm milder Sprühregen, nein, es war ein prasselnder Sturzregen, eine kalte Klatsche, die sich über uns ergoss wie eine überlaufende Badewanne.

Stürzenbecher, Franka und ich spurteten zu der nächsten Kastanie, deren Blätterdach uns vorübergehend Schutz bot.

»Scheißwetter«, fluchte Stürzenbecher.

Nach so vielen Sonnentagen hatten wir fast vergessen, wie sich das Standardwetter in unseren Breitengraden anfühlte. Der ausgetrocknete Boden rings um uns herum schluckte dagegen das kühle Nass, als hätte er schon lange darauf gewartet.

Und auch die beiden Friedhofsgärtner gruben mit stoischer Ruhe weiter; ob sie dabei verächtliche Gedanken über verweichlichte Stadtmenschen hegten, war ihnen nicht anzusehen. Immerhin trugen sie graue, unförmige Filzhüte, die sie gegen Sonne, Kälte, Regen oder was auch immer an Wetter geboten wurde, schützten.

Stürzenbecher hatte die komplizierte rechtliche Prozedur, die für eine Exhumierung notwendig war, durch einen einfachen Trick umgangen. Da Ernst Westhues noch keine sieben Tage unter der Erde lag, hatte er den Chef der Friedhofsverwaltung überredet, Nachbesserungen der Grabarbeiten vorzunehmen. Diese *Nachbesserungen* bestanden darin, das gesamte Erdreich über dem Sarg noch einmal auszuheben. Der Sarg selbst sollte, falls er unversehrt war, nicht geöffnet werden. Schließlich interessierte uns nicht der verblichene Westhues, sondern eventuelle zusätzliche Knochen.

Der Regen ließ etwas nach und der Hauptkommissar nahm den Gesprächsfaden auf, den unsere Flucht unterbrochen hatte.

»Falls es sich bei dem Toten tatsächlich um einen Landstreicher handelt, der vor sechs bis acht Jahren in Disselburg oder Umgebung gehaust hat, wird es echt schwierig. Solche Leute pflegen sich nicht anzumelden und oft haben sie nicht einmal Verwandte oder Freunde, die sie vermissen. Jedenfalls liegt keine Vermisstenanzeige vor, die auf unseren Mann passen könnte.«

»Aber wer bringt so jemanden denn um?«, fragte Franka.

Stürzenbecher schnaufte. »Je tiefer das soziale Niveau, desto niedriger die Beweggründe. Penner bringen sich manchmal wegen einer Flasche billigen Fusel um. Besonders im Suff. Ein echter Mord ist das in den seltensten Fällen. Totschlag im Affekt und verminderte Zurechnungsfähigkeit. Dafür kriegen sie fünf Jahre, von denen sie dreieinhalb auf der linken Arschbacke absitzen.«

»Für einen betrunkenen Penner sah die Mauer im Schlosskeller erstaunlich gerade aus«, warf ich ein.

Stürzenbecher fixierte mich mit wässrigen, leicht blutunterlaufenen Augen. Anscheinend hatte er am Vorabend bereits das Nachtleben von Disselburg erkundet.

»Ich sage ja nicht, dass es so gewesen ist, ich sprach allgemein über Gewaltdelikte im Milieu. Über den oder die Täter im aktuellen Fall weiß ich so gut wie gar nichts. Allenfalls könnte man annehmen, dass sie technisch begabt sind. Allerdings nur, wenn man die gewagte Hypothese unterstellt, dass sie auch für die Manipulation deines Wagen verantwortlich sind.«

»Was?«, fuhr ich auf.

Der Hauptkommissar schaute zu den Friedhofsgärtnern, die ihre Grabungsaktion eingestellt hatten und aufmerksam nach unten blickten. »Ja. Jemand hat an der Lenkung herumgefummelt, so dass sie bei der ersten, heftigeren Bewegung ihren Geist aufgeben musste. Sei froh, dass du nicht aus Blödheit in den Graben gefahren bist.«

»Und warum sagst du das erst jetzt?«

»Weil es mir gerade wieder eingefallen ist. Du hast nicht zufällig jemanden in Verdacht?«

Ich dachte an Max Mehrings Worte über das Unglück, das drohen könne, falls ich mich weiter mit der Leiche beschäftigen würde, schüttelte jedoch den Kopf.

Einer der Gärtner hielt jetzt einen braunen Sack in die Höhe und machte durch Rufe auf sich aufmerksam. Da er offenbar nicht zu uns kommen wollte, mussten wir uns durch den Regen zu ihm bequemen.

Stürzenbecher streifte seine Einweg-Plastikhandschuhe über und öffnete den Leinensack. Im Inneren befand sich eine Sammlung gut erhaltener Knochen.

»Hab ich's nicht gesagt?«, triumphierte Franka.

Stürzenbecher nahm mir die peinliche Pflicht ab, sie loben zu müssen. Für meinen Geschmack übertrieb er sogar die Betonung ihrer Scharfsinnigkeit. Sie hatte eben zweimal Glück gehabt, etwas, das zum Beruf des Detektivs dazu gehört.

Anschließend machte sich der Hauptkommissar auf den Weg zur Disselburger Polizeistation, um das neue Beweismaterial nach Münster schaffen zu lassen, und auch Franka und ich überließen die Toten ihrer ewigen Ruhe.

Als wir die Friedhofsmauer erreichten, klingelte Frankas Handy, das unversehrt geblieben war, weil sie es vor unserem Tauchunternehmen im Hotel vergessen hatte. Franka hörte zu und reichte mir dann wortlos das Gerät.

»Ich bin's, Christine«, hörte ich eine allzu bekannte Stimme. »Ich mache mir Sorgen um Max.«

»Woher hast du die Nummer?«, fragte ich misstrauisch.

»Das spielt doch jetzt keine Rolle. Ich versuche seit zwei Tagen, Max zu erreichen, und Hartmann weiß auch nicht, wo er ist. Er hat Termine platzen lassen, was er sonst nie tut. Ich glaube, es ist wirklich ernst.«

»Warum rufst du nicht die Polizei an?«

»Ich will mich nicht lächerlich machen. Und du bist doch Privatdetektiv. Können wir uns bei Max treffen?«

»Ist das ein neuer Trick, um mit mir allein zu sein?«

»Georg!«, empörte sie sich. »Mir ist nicht nach Scherzen zumute.«

»Also gut«, sagte ich, »ich komme.«

Sicherheitshalber nahm ich Franka mit, man konnte ja nie wissen.

Christine Schmidt stand bereits vor dem Haus, in dem Mehring wohnte.

»Er macht wieder nicht auf«, verkündete sie düster.

»Falls er überhaupt zu Hause ist«, sagte ich skeptisch. »Wahrscheinlich hatte er von allem hier die Nase voll, hat sich in sein Auto gesetzt und ist weggefahren.«

»Sein Auto steht auf dem Hof.«

»Dann hat er eben den Zug genommen.«

»Max fährt nie Zug.«

»Na schön. Was schlägst du vor? Soll ich am helllichten Tag die Haustür eintreten?«

»Die Kellertür ist nicht abgeschlossen«, flüsterte sie.

»Ich war schon oben und habe an der Wohnungstür gelauscht.«

»Und?«

»Es war nichts zu hören. Als Detektiv weißt du doch bestimmt, wie man eine Tür knackt.«

In der Vergangenheit hatte ich es schon zweimal mit Kreditkarten versucht, wie es in Filmen immer klappt. Das hatte mir wenig eingebracht, außer wochenlangem Warten auf eine neue Karte. Deshalb holte ich einen schweren, vermutlich englisch designten Schraubenzieher aus dem Rover und machte es auf die brachiale Art.

»Du bleibst draußen«, sagte ich zu Franka.

»Warum?«

»Weil das Eindringen in eine fremde Wohnung strafbar ist und weil ich keine Ahnung habe, was uns erwartet.«

»Ich bin kein kleines Mädchen, Georg.«

»Dann bleibst du draußen, um aufzupassen. Wenn jemand auftaucht, warnst du uns.«

Zusammen mit Christine wagte ich mich in den kleinen Flur vor. Drei Meter weiter wussten wir, was passiert war. Max Mehring hatte einen kräftigen Haken in die Decke gedübelt, sich auf einen Stuhl gestellt, ein Seil um den Hals gelegt, das Seil an dem Haken befestigt und dann den Stuhl umgestoßen. Es war kein schöner Anblick.

Christine stieß ein Geräusch aus, das wie ein kaputtes Fahrradventil klang. Ich konnte sie gerade noch auffangen, bevor sie umkippte, und ließ sie vorsichtig zu Boden gleiten.

»Scheiße, ich hab's geahnt«, presste sie zwischen klappernden Zähnen hervor. Sie hatte einen Schock.

Ich lehnte sie mit dem Rücken gegen ein Sofa, auf der Seite, die dem baumelnden Leichnam abgewandt war. »Bleib hier sitzen! Ich hole einen Krankenwagen und die Polizei.«

Mir selbst zitterten auch die Hände, als ich das Telefon abnahm. Ich erwischte Stürzenbecher noch in der Disselburger Polizeistation und erzählte ihm das Notwendigste.

Franka sah meinem Gesicht an, dass etwas Schlimmes passiert war. Ich informierte sie kurz und bat sie, in der Eisdiele auf mich zu warten. Die verbleibenden Minuten bis zum Eintreffen der Polizei nutzte ich für eine kurze Inspektion der Wohnung. Dass ich dabei ständig um Mehring herumgehen musste, machte die Sache nicht leichter.

Auf dem Wohnzimmertisch lag ein Abschiedsbrief. Er bestand nur aus einem einzigen Satz. So wie ich Mehring kannte, hätte er ihn sicher gerne im *Disselburger Wochenblatt* veröffentlicht: *Macht doch euren Scheiß alleine!*

Hastig öffnete ich ein paar Schubladen, wobei ich den heruntergezogenen Jackettärmel benutzte, um keine Fingerabdrücke zu hinterlassen, entdeckte aber nichts Interessantes. Also ging ich durch die Küche weiter zu dem kleinen Schlafzimmer, in dem ein Bett, eine Kommode und ein windschiefer Schrank standen. In der obersten Schublade der Kommode lag ein Stapel Papierblätter, dicht bedeckt mit ausgedrucktem Text. Die Seiten waren nummeriert und reichten bis zur Seitenzahl 50. Ich überflog die ersten Zeilen. Sie lasen sich wie ein Romananfang. Ohne lange zu überlegen, stopfte ich das Manuskript in meine Hose.

Der Notarzt kümmerte sich um Christine Schmidt.

»Du hast doch nichts angefasst?«, fragte Stürzenbecher.

»Wie käme ich dazu? Ich will doch nicht die Polizeiarbeit behindern.«

Der Hauptkommissar bedachte mich mit einem gequälten Lächeln, das gänzlich humorlos wurde, als er den hängenden Leichnam betrachtete. »Hatte er was mit der Sache im Schloss zu tun?«

Ich zog den Kopf zwischen die Schultern. »Max Mehring war Lokalreporter, einer der am besten informierten Menschen in Disselburg. Wahrscheinlich hat er etwas gewusst oder zumindest geahnt. Aber ob er selbst in die Sache verwickelt war ...« Ich ließ das Satzende im Raum stehen.

Stürzenbecher musterte den Abschiedsbrief. »Und warum hat er sich umgebracht? Mal vorausgesetzt, es handelt sich tatsächlich um einen Selbstmord, wonach ja alles aussieht.«

»Mir gegenüber hat er mehrfach geäußert, dass er keine Lust mehr habe.«

»Wozu? Zu leben?«

»Zu arbeiten.«

Der Hauptkommissar stutzte. »Geht das nicht vielen so? Nimm mich zum Beispiel. Aber bring ich mich deswegen um?«

Während Franka das hoteleigene Schwimmbad nutzte, lag ich auf dem Bett und las. Das Manuskript war tatsächlich ein Roman, nicht besonders gut, weder spannend noch originell, ein bisschen verquast und sprachverliebt, das typische Produkt eines Reporters, der sich in der Alltagsarbeit unterfordert fühlt. Wahrscheinlich hätte der Text, wäre er denn zu Ende geschrieben worden, das Schicksal von neunundneunzig Komma neun Prozent ähnlicher Versuche geteilt, nämlich auf einer Computerfestplatte in ewiger Jugend vor sich hin zu dämmern. Je weiter ich kam, desto sicherer war ich allerdings auch, dass Max Mehring niemals vorgehabt hatte, das Werk zu veröffentlichen.

Die Geschichte handelte von drei Jugendlichen, zwei Jungen und einem Mädchen, die durch eine unglückliche Dreierbeziehung verbunden sind. Junge Nummer eins liebt das Mädchen, das Mädchen liebt Junge Nummer zwei und Junge Nummer zwei liebt Junge Nummer eins. Die drei machen vieles gemeinsam, gehen auf Partys, probieren Drogen aus, fahren spontan nach Amsterdam. Einmal gibt es eine längere, von Beziehungskrisen geschüttelte Urlaubsreise nach Skandinavien. Denn was die drei auch anstellen, spaßig ist es in den seltensten Fällen. Zumeist belauern sie sich gegenseitig, eifersüchtig darauf bedacht, dass die beiden anderen nicht die Erfüllung finden, die dem jeweils dritten versagt bleibt. Der Autor selbst bezeichnete das Verhältnis als krankhaft, und doch sind sie durch das Wissen aneinander gekettet, dass es außerhalb ihres Dreiecks nur die profane Hölle der Banalität gibt. Ihr geheimes Wissen um die versagte Liebe, ausgedrückt in Insider-Zeichen und -Worten, erhebt sie meilenweit über die phlegmatische, langweilige Welt der Altersgenossen, zumindest in ihren eigenen Augen.

Über viele Seiten schleppte sich die Geschichte in Variationen des immer gleichen Themas dahin und ich kämpfte bereits gegen eine bleierne Müdigkeit, als sich, kurz vor Schluss, noch eine überraschende Wendung ergab. Auf einem ihrer Streifzüge treffen die drei Jugendlichen auf zwei Landstreicher, die im Wald campieren. Sofort erkennen sie die Chance, gegen eine Konvention zu verstoßen, unterhalten sich mit den Landstreichern und versorgen sie mit Lebensmitteln. Zwischen den beiden ungleichen Gruppen entwickelt sich eine Art von Beziehung, deren Grenze jedoch sehr schnell klar wird. Da schlägt Junge Nummer eins, der in der Regel für die Gemeinheiten zuständig ist, vor, sich mit den Landstreichern einen Scherz zu erlauben.

Und genau an dieser Stelle brach das Manuskript ab. Vielleicht hatte Mehring einfach aufgehört oder er hatte die restlichen Seiten vernichtet.

Die Jugendlichen im Manuskript trugen Namen, sie hießen Raimund, Albert und Anna. Die Kleinstadt, in der der größte Teil der Handlung spielte, hatte der Autor Ansbach getauft und der Wald nannte sich dementsprechend Ansbacher Forst. Trotzdem war die Ähnlichkeit der Romanfiguren mit lebenden oder bereits toten Personen nicht zu übersehen. Junge Nummer eins war Max Mehring selbst, Junge Nummer zwei Alex van Luyden. Aber wer war das Mädchen? Anke Schwelm?

Ich griff zum Telefonhörer und ließ Stürzenbecher aus dem Speisesaal des Hotels *Krone* holen, in dem er logierte.

»Was gibt's?«, knurrte der Hauptkommissar mit vollem Mund.

»Angenommen, es gab noch einen zweiten Landstreicher, der mit seinem später zu Tode gekommenen Kumpel unterwegs war. Dieser zweite Landstreicher hat vieles, wenn nicht alles mitbekommen. Er konnte sich rechtzeitig absetzen oder flüchten, als es brenzlig wurde. Aber er hat die Täter gesehen und ist vielleicht noch heute in der Lage, sie zu identifizieren.«

Stürzenbecher schluckte geräuschvoll. »Woher weißt du von dem zweiten Landstreicher?«

»Es ist nur eine Vermutung.«

»Für mich klingt das mehr nach unterschlagenem Beweismaterial.«

»Das ist deine berufsbedingte, psychische Verformung, die immer nur das Schlechte im Menschen sieht.«

»Aha. Und wie könnte, deiner Vermutung nach, der zweite Landstreicher aussehen?«

»Wie gesagt ...«

»Ja, ja«, drängte Stürzenbecher. »Unter dem Vorbehalt, dass es nur eine Vermutung ist.«

»Er wäre heute etwa fünfzig Jahre alt, klein, untersetzt und alkoholsüchtig.«

»Wie etwa vier Fünftel aller Landstreicher. Hat dein Mann auch einen Namen?«

»Keinen echten.«

»Das gibt nicht viel her, Wilsberg«, maulte der Hauptkommissar. »Für eine Fahndung reicht das nicht.«

»Und für eine lockere Kontrolle aller Obdachlosenheime im Münsterland? Möglicherweise ist unser Mann in der Gegend geblieben.«

»Viele von denen mögen keine Heime. Die schlafen lieber unter freiem Himmel.«

»Das wäre der zweite Schritt.«

»Hör mal! Ich kann nicht wegen einer Eingebung, die dich überkommen hat, den ganzen Polizeiapparat in Bewegung setzen.«

»War ja nur ein Vorschlag.«

»Okay. Ich werde darüber nachdenken.«

Ich legte mich aufs Bett und dachte eine Weile nach. Als ich zu einem Entschluss gekommen war, zog ich mich an und machte mich auf den Weg. Unterwegs klopfte ich an Frankas Zimmer. Sie war anscheinend immer noch im Schwimmbad, in der Sauna, im Fitnessraum oder einer der anderen Vergnügungsstätten, die das Hotel für selbstquälerische Attacken der Körperkultur zur Verfügung stellte.

Anke Schwelms Möbelladen war schon geschlossen. Dafür fand ich neben einer der Klingeln, die zu den Wohnungen über dem Laden gehörten, ihren Namen.

Sie erwartete mich in der Tür. Ihr rundes, sonst stets zum Lächeln bereites Gesicht wirkte schlaff und deprimiert.

»Sie haben es gehört ...«, begann ich.

Sie nickte. »Ja. Kommen Sie herein! Es ist schrecklich. So ein vollkommen sinnloser Tod.«

Die Wohnungseinrichtung war überwiegend aus dem gleichen Holz, das sie auch in ihrem Laden verkaufte, die Formgebung dagegen etwas extravaganter.

Sie bemerkte meinen Blick. »Gelegentlich experimentiere ich ganz gerne. Das sind dann die Sachen, die in meiner Wohnung landen, weil sie niemand kaufen will.« Sie machte eine einladende Handbewegung. »Ich habe mir Spaghetti gekocht. Möchten Sie mitessen?«

»Nein, danke.«

»Ich würde mich freuen.«

»Gut. Dann nehme ich ein paar Gabeln.«

Ein flüchtiges Lächeln huschte über ihr Gesicht. »Es ist nichts Besonderes. Nur eine Sahnesoße mit Kapern.«

Die Spaghetti schmeckten ausgezeichnet und ich musste mich zurückhalten, um ihr nicht den größten Teil wegzuessen.

Während des Essens sprachen wir über Max Mehring. Anke Schwelm meinte, dass er in letzter Zeit einen nervösen, fast gehetzten Eindruck gemacht habe. Sie habe es für eine Sinnkrise gehalten, weil er mit seiner Arbeit beim *Wochenblatt* und dem Leben in Disselburg unzufrieden gewesen sei, aber nicht geahnt, dass er Selbstmordabsichten hegte. »Sonst hätte ich ihn neulich nicht so angeraunzt, Sie wissen schon, bei der Gemeinderatssitzung.«

Ich nickte.

Sie schob ihren Teller, der noch halb gefüllt war, zur Seite. »Ich habe keinen großen Hunger. Aber einen Espresso könnte ich jetzt vertragen, mit einem Schuss Grappa. Nehmen Sie auch einen?«

»Nur Espresso, ohne Grappa.«

Die Grafentochter präparierte eine kleine Espressokanne und einige Minuten später nippte ich an dem gesüßten Kaffeeextrakt.

»Lag es wirklich nur an seiner Arbeit und der Langeweile in Disselburg?«

Anke blinzelte. »Was meinen Sie?«

»Ich bin da auf eine alte Geschichte gestoßen. Die Geschichte von drei Jugendlichen, die stets zusammen waren, aber nicht zueinander kommen konnten.«

Ihr Kopf fuhr hoch. »Wer hat Ihnen davon erzählt?«

»Tut mir Leid, meine Informanten kann ich nicht preisgeben. Sie waren in Alex van Luyden verliebt, nicht wahr?«

Sie nickte widerwillig. »Ich hatte ja keine Ahnung,

dass er schwul war. In einer Kleinstadt spricht man nicht über so was. Falls man überhaupt weiß, was Homosexualität ist.«

»Und Max war in Sie verliebt.«

»Das war er, aber ich hatte nur Augen für Alex. Alex' Zuneigung für mich war echt, ich dachte, er wäre zu schüchtern, um den entscheidenden Schritt zu tun. Also habe ich immer wieder versucht, ihn zu verführen.« Sie lächelte bitter. »Was für ein Witz.«

»Denn Alex war in Max verliebt.«

»Möglicherweise. Worauf wollen Sie eigentlich hinaus?«

»Auf eine kleine Episode, die sich vor sieben oder acht Jahren abgespielt hat. Max, Alex und Sie sind damals zwei Landstreichern im Wald begegnet. Erinnern Sie sich?«

Ihre Mundwinkel rutschten nach unten. »Nein. Ihr Informant muss sich irren.«

»Frau Schwelm, zwei Menschen sind gestorben, einer vor etlichen Jahren, der andere gestern oder heute. Es wird Zeit, dem Spuk ein Ende zu machen, bevor ein weiteres Unglück geschieht.«

»Sie fantasieren.«

»Jemand hat versucht, mich umzubringen.« Ich schilderte meine Fahrt in die Gräfte. »Das sind keine Schimären aus der Vergangenheit, das ist ganz real. Finden Sie den Mut zur Wahrheit! Das wäre das Beste für alle Beteiligten.«

Anke senkte ihren Blick auf die Tischplatte. Dann sagte sie leise: »Gehen Sie bitte! Ich habe Ihnen nichts zu sagen.«

Als ich über die Zugbrücke schlenderte, bemerkte ich, dass Alex van Luyden mal wieder auf der Garteninsel wandelte. Und plötzlich fiel mir etwas ein, das ich bei meinem letzten Besuch in seinem Atelier gesehen hatte. Ich drehte um und wanderte durch den Schlosspark zur

Garteninsel. Alex beachtete mich nicht und schaute trübsinnig in die Ferne.

»Mein Beileid.«

»Wofür?«

»Max Mehring war doch Ihr Freund.«

»War. Richtig.« Er drehte seinen Kopf, der wegen des langen Bartes älter aussah als der Körper, auf dem er saß, in meine Richtung. »Wir haben uns aus den Augen verloren.«

»Wie ist das in einer so kleinen Stadt wie Disselburg möglich?«

»Ich habe fast alle aus den Augen verloren. Ich lebe wie ein Einsiedler. Menschen interessieren mich nicht.«

»Sind Sie nicht ein bisschen zu jung für eine solche Einstellung?«

Seine stumpfen Augen begannen zu funkeln. »Wollen Sie mir Tipps geben, wie ich mein Leben verändern soll? Ich glaube nicht, dass ich dafür einen abgewrackten Detektiv brauche, der mit seiner zwanzigjährigen Freundin herumzieht.«

Ich lächelte. »Nein. Ich will Ihnen keine Tipps geben. Ich möchte Sie um einen Gefallen bitten.«

»Um welchen?«

»Mir noch einmal Ihre Bilder ansehen zu dürfen.«

Er stöhnte genervt. Aber er war auch ein ganz klein wenig geschmeichelt.

Langsam schritt ich von Bild zu Bild. Das, wonach ich suchte, war nicht dabei.

»Sagen Sie, das Bild, an dem Sie gemalt haben, als ich das letzte Mal hier war ...«

»Was ist damit?«

»Ich kann es nirgendwo entdecken.«

Er zögerte. »Es steht da drüben.«

Er hatte die bemalte Fläche zur Wand gedreht. Vermutlich deshalb, weil es sein ehrlichstes Bild war.

Auf dem Weg zu meinem Zimmer klopfte ich an Frankas Tür. Sie lag auf dem Bett, sah fern und schmollte.

»Warum hast du mich nicht mitgenommen?«

»Ich konnte dich nicht finden.«

»Ich war im Pool, das habe ich doch gesagt.«

»Ich habe keine Badehose dabei.«

Sie verdrehte die Augen. »Und was hast du gemacht?«

»Ich habe den Fall gelöst.«

Stürzenbecher hatte schon geschlafen. Als Leiter der Mordkommission war er es allerdings gewohnt, aus dem Bett geklingelt zu werden. Wir telefonierten lange und gingen die verschiedenen Möglichkeiten durch. Auch wenn ich jetzt wusste, was geschehen war, würde es doch nicht einfach werden, es zu beweisen.

XIII

Koslowski lag auf dem Seziertisch in der Pathologie. Ein brutal aussehender, grinsender Mann in einem weißen Kittel begann, mit einer elektrischen Säge Koslowskis Kopf zu öffnen. Mit einem ekelhaften, sirrenden Geräusch fräste sich die Säge durch den Schädelknochen. Koslowski hob die rechte Hand und sagte: »Hören Sie auf damit! Das tut weh.«

Keuchend schoss ich hoch. Ich bekam keine Luft, weil sich meine Brust anfühlte, als stecke sie in einem zu engen Eisenkorsett. Gleichzeitig klingelte das Telefon.

»Hab ich dich geweckt?«, fragte Stürzenbecher.

»Nein.«

»Was? So früh schon wach?«

»Sag mal, was macht ihr eigentlich, um Koslowskis Mörder zu finden?«

Schweigen am anderen Ende. »Wie kommst du jetzt darauf?«

»Ich träume manchmal von Koslowski. Keine angenehmen Träume, das kann ich dir sagen. Ich glaube, es ginge mir besser, wenn ich wüsste, dass jemand für den Mord büßen muss.«

»Na ja, ungelöste Mordfälle werden nie geschlossen. Aber eine aktive Ermittlung gibt es natürlich nicht mehr. Ich persönlich glaube ja, dass wir den Täter hatten. Leider reichten die Indizien nicht aus. Und das Schwein war zu abgezockt, um sich einschüchtern zu lassen. Irgendwann macht er einen Fehler. Und dann haben wir ihn.«

»Klingt nicht besonders überzeugend.«

Stürzenbecher seufzte. »Du weißt doch, wie das ist. Sobald eine neue Leiche auf dem Tisch liegt, rückt die alte in den Hintergrund. Und jetzt zu den positiven Nachrichten des Tages: Wir haben den Landstreicher gefunden.«

»Wo?«

»Im Christophorusheim in Münster. Er hat uns den Namen des Toten gegeben: Meinolf Zwölf. Nach vorläufiger Überprüfung könnte es hinkommen. Zwölf ist 1957 geboren und seit fünfzehn Jahren nicht mehr gemeldet.«

»Und wieso rückt er erst jetzt damit heraus?«

»Diese Brüder sind unberechenbar. Sie wollen möglichst wenig mit der Polizei zu tun haben. Wahrscheinlich haben die hundert Mark gewirkt, die ich als Belohnung ausgesetzt habe.«

»Wo ist der Typ jetzt?«

»Im Polizeipräsidium in Münster. Ich lasse ihn gleich nach Disselburg bringen.«

»Gut. Und bestell doch bitte auch Anke Schwelm zum Schloss!«

Wir verabredeten, uns um neun Uhr im Innenhof des Schlosses zu treffen.

Ich zog mich an und klopfte auf dem Weg zum Frühstücksraum an Frankas Tür. Sie brauchte zwei Minuten, um aus dem Bett zu klettern. Die Haare hingen ihr bis zum Kinn. Ein Wunder, dass sie die Tür gefunden hatte.

»Wenn du den Showdown mitbekommen willst, musst du jetzt aufstehen.«

Sie legte die Augen frei. »Ich muss nur rasch meine Frisur stylen.«

»Was hältst du von Seitenzöpfen?«

»Verpiss dich, Georg!«

Anke Schwelm schaute zu dem kleinen, kahlköpfigen Mann im ausgebeulten Sakko, der auf dem Rücksitz des Wagens hockte und mit dem Oberkörper schaukelte. Ihr Gesicht blieb ausdruckslos, falls sie ihn wieder erkannt hatte, ließ sie es sich nicht anmerken.

»Hallo!«, sagte ich.

Sie zeigte keinerlei Reaktion. Ich konnte es ihr nicht verübeln, aber noch nie war sie mir gräflicher vorgekommen als an diesem Morgen.

Wir waren zu fünft, den Mann im Auto und den chauffierenden Polizisten nicht mitgerechnet. Franka, mit künstlicher Stehkraft in den Haaren, bildete mit mir ein Pärchen, das in dem Polizistenduo Stürzenbecher und Kommissarin Hülting sein Pendant fand. Hülting, die den unbekannten Landstreicher nach Disselburg begleitet hatte, machte einen derangierten Eindruck. Bei der halblauten Beschwerde, die sie an Stürzenbecher gerichtet hatte, waren die Worte *mangelnde Körperhygiene* gefallen. Ganz offensichtlich ein Vorwurf gegen den schaukelnden Zeugen, der mir, je länger ich darüber nachdachte, ein ziemlich großer Unsicherheitsfaktor zu sein schien.

Anke guckte haarscharf über meinen Kopf hinweg und richtete ihren Blick auf Stürzenbecher. »Können Sie mir sagen, warum Sie mich hierher bestellt haben, Herr Kommissar?«

»Hauptkommissar«, lächelte Stürzenbecher. »Nur für den Fall, dass Sie sich beschweren wollen.«

Anke zischte. »Bekomme ich eine Antwort, Herr *Hauptkommissar?*«

»Natürlich.« Stürzenbecher blieb charmant. »Es geht um eine Morduntersuchung. Wir möchten Sie gerne als Zeugin hören.«

»Wer ist ermordet worden?«

»Der Mann hieß Zwölf, Meinolf Zwölf. Er ist vor sieben Jahren hier im Schloss getötet worden.«

Falls sie irgendeine Art von Angst empfand, konnte sie sich hervorragend verstellen.

»Ich kenne keinen Meinolf Zwölf.«

»Nun, vielleicht gelingt es uns, Ihrer Erinnerung nachzuhelfen. Ich schlage vor, dass wir gemeinsam Herrn Alex van Luyden aufsuchen.«

»Und wenn ich mich weigere?«

»Dann«, Stürzenbechers Stimme wurde eine Spur drohender, »werden wir Sie ins münstersche Polizeipräsidium vorladen, Frau Gräfin zu Schwelm-Legden. Und zwar auf der Stelle.«

»Nur Schwelm, bitte! Die Gräfin können Sie sich sparen.«

Anscheinend hatte ich sie die ganze Zeit falsch eingeschätzt. Sie war mindestens so knallhart wie ihr Bruder Wilhelm. Stürzenbecher wartete.

»Na schön. Bringen wir es hinter uns.«

Der Hauptkommissar gab dem Polizisten im Auto ein Zeichen. Der Polizist pflückte den Landstreicher vom Rücksitz und gemeinsam trotteten wir zu dem großen runden Turm. Alex, das hatte Stürzenbecher bereits in Erfahrung gebracht, war die ganze Nacht in seinem Atelier gewesen.

Und jetzt schlief er noch. Stürzenbecher musste eine Weile gegen die schwere Tür hämmern, bis der Maler mit verschlafenen Augen öffnete. Einigermaßen fassungslos musterte er unsere Delegation.

»Was ...«, er entdeckte seine alte Freundin, »Anke, was machst du denn hier?«

Die Grafentochter zuckte mit den Schultern. »Die Polizei hat mich hierher bestellt.«

»Dürfen wir eintreten?« Ohne eine Antwort abzuwarten, drückte Stürzenbecher die Tür auf und ging an Alex vorbei ins Atelier.

Wir versammelten uns in der Mitte des Raumes. Stürzenbecher winkte den Landstreicher nach vorn.

»Herr Klarholz, erzählen Sie uns bitte Ihre Geschichte!«

»Also«, Klarholz leckte sich über die Lippen, »das war so: Ich war damals mit meinem Kumpel Meinolf, dem Meinolf Zwölf unterwegs.«

»Wann war das?«, unterbrach ihn Stürzenbecher.

»Vor sieben Jahren, so im Sommer. Also, wir, der Meinolf und ich, haben im Schlosspark gepennt, in einer Ecke, wo selten einer hinkam. Dann sind die drei aufgetaucht, zwei Jungs und ein Mädchen. Die waren erst unheimlich freundlich, wollten wissen, wie das so ist, wenn man Platte macht, was man da so erlebt und so.«

»Gut«, nickte Stürzenbecher, »und was ist dann passiert?«

»Also, wie gesagt, die waren erst scheißfreundlich, haben uns was zu essen und zu trinken gebracht. Wir konnten ja nicht ahnen, dass die uns reinlegen wollten.«

Klarholz machte eine Pause. Die Spannung im Raum wurde fühlbar.

»Also, dann hat einer der Jungs den Vorschlag gemacht, wir könnten doch im Schlosskeller wohnen, da sei es viel gemütlicher. Ich wollte ja nicht, Keller liegen mir nicht, Herr Kommissar. Aber der Meinolf, der war ganz scharf drauf. In der Nacht vorher hatte es geregnet und der Meinolf hatte was mit dem Rücken, der tat ihm immer weh, wenn es nass war. Also gut, hab ich gesagt, dann komme ich eben mit. Und zuerst war es ja auch gar nicht schlecht. Nebenan war so eine Art Weinkeller, da lagen jede Menge Flaschen. Ihr könnt euch nehmen, so viel wie ihr wollt, hat der Junge gesagt, und das haben wir auch gemacht. Wir haben uns voll laufen lassen, so ein edles Zeug werde ich wahrscheinlich nie wieder saufen. Da waren Flaschen bei, die waren dreißig Jahre alt. Ich meine, nach der dritten Flasche schmeckt sowieso alles gleich, trotzdem haben wir uns immer wieder die Etiketten vorgelesen. Das war ein Heidenspaß.« Klarholz leckte sich über die Lippen.

»Weiter, Herr Klarholz!«, drängte Stürzenbecher.

»Na ja, dann haben sie uns eingeschlossen.«

»Können Sie das genauer schildern?«

»Sie haben die Kellertür abgeschlossen, ich meine, von dem Teil, in dem wir waren. Der ganze Keller war ja riesig, das konnte man gar nicht überschauen. Der Meinolf hat nur gelacht und gesagt, was soll's, mit so vielen Flaschen halte ich es ein ganzes Jahr aus. Aber ich, ich hab die Panik gekriegt. In abgeschlossenen Räumen kriege ich leicht die Panik, Herr Kommissar.«

»Verstehe«, sagte Stürzenbecher. »Was haben Sie dann gemacht?«

»Es gab da so ein kleines Oberlicht, ziemlich weit oben, das war das einzige Licht, was wir hatten. Ich hab mir so eine Art Podest gebaut, damit ich an das Fenster rankam, das war nämlich gar nicht so leicht. Dann hab ich das Fenster eingeschlagen und bin raus. Hab mich da durchgequetscht und bin abgehauen.«

»Und was war mit Meinolf Zwölf?«

»Der ist da geblieben, hat sich noch über mich lustig gemacht, als ich in der Luft hing und mit den Beinen strampelte. Sie müssen sich vorstellen ...«

»Ich kann es mir vorstellen«, sagte Stürzenbecher. »Wissen Sie, was mit Meinolf Zwölf geschehen ist?«

»Nein. Von dem habe ich nichts mehr gehört. Keiner hat je wieder was von dem gehört.« Klarholz leckte sich erneut über die Lippen. »Kriege ich jetzt meine hundert Mark?«

»Später, Herr Klarholz.« Der Hauptkommissar machte eine Handbewegung. »Schauen Sie sich bitte um! Erkennen Sie unter den Anwesenden einen der damaligen Jugendlichen? Bedenken Sie, dass seitdem sieben Jahre vergangen sind.«

Klarholz konzentrierte sich auf die, die altersmäßig infrage kamen: Franka, Anke Schwelm und Alex van Luyden.

»Das ist schon so lange her.«

»Können Sie einen der Jugendlichen identifizieren oder nicht, Herr Klarholz?«

»Also, wenn ich's beschwören müsste ...«

»Dazu werden Sie unter Umständen aufgefordert.«

»Dann nicht.«

Anke lächelte spöttisch. Alex kaute auf seiner Unterlippe.

»Gut.« Man merkte Stürzenbecher die Enttäuschung an. »Wir brauchen Sie nicht mehr, Herr Klarholz.«

»Hören Sie«, begehrte der Landstreicher auf, »es war keine Rede davon, dass ich jemanden identidingsbums muss. Ich sollte nur meine Geschichte erzählen.«

»Das ist schon in Ordnung, Herr Klarholz.«

Stürzenbecher nickte dem Polizisten zu, der den kleinen Mann am Arm ergriff und zur Tür zog.

»Einen Moment!«, sagte Anke Schwelm.

Alle schauten sie erstaunt an.

»Dürfte ich Ihrem Zeugen einige Fragen stellen?«

Stürzenbecher überlegte kurz. »Warum nicht?«

»Herr Klarholz«, Anke schlug einen Ton an, der irgendwo zwischen überheblich und staatsanwaltlich lag, »wie sind Sie damals nach Disselburg gekommen?«

»Zu Fuß.«

»Aus welcher Stadt?«

»Das weiß ich nicht.« Die Antwort kam ein wenig zu schnell.

»Und als Sie aus dem Schlosskeller geflüchtet sind, wohin sind Sie da gegangen?«

»Ich bin einfach abgehauen.«

»In welche Richtung?«

»Kann ich nicht mehr sagen.«

»Würden Sie den Platz im Schlosspark wieder finden, auf dem Sie campiert haben?«

»Das glaube ich nicht.«

»Oder den Kellerraum erkennen, in dem Sie eingeschlossen waren?«

»Was soll das?«, beschwerte sich Klarholz. »Das ist doch alles schon so lange her. Wie soll ich da noch wissen, wie der Raum aussah?«

»Sie haben ihn doch konkret beschrieben.« Anke blieb unerbittlich. »Eine andere Frage: Sie haben erzählt, dass Ihnen die Jugendlichen Essen gebracht haben.«

»Stimmt«, sagte Klarholz.

»Was war das, zum Beispiel?«

»Herr Kommissar«, der Landstreicher wandte sich Hilfe suchend an Stürzenbecher, »muss ich die ganzen Fragen beantworten?«

»Worauf wollen Sie hinaus, Frau Schwelm?«, fragte Stürzenbecher.

»Ich will darauf hinaus, Herr *Hauptkommissar*«, Anke hob ihre Stimme, »dass dieser Mann vor dem heutigen Tag noch nie in Disselburg war. Er hat die ganze Geschichte erfunden, weil er glaubte, damit schnell mal hundert Mark verdienen zu können. Vor Gericht gehen Sie mit Ihrem Zeugen sang- und klanglos baden.«

Stürzenbecher fixierte den kleinen Mann, der vor unseren Augen noch weiter schrumpfte. »Was sagen Sie dazu, Herr Klarholz?«

Der dumpfe Geruch, den der Landstreicher verbreitete, wurde eine Note beißender. »Also, so ganz stimmt das nicht, Herr Kommissar.«

»Was stimmt nicht?«, grollte Stürzenbecher.

»Also, der Atze, eigentlich hieß er ja Richard, Richard Vogelbauer, der war ein echter Kumpel von mir. Wir sind uns jahrelang dauernd über den Weg gelaufen.«

Stürzenbecher stöhnte. »Ihre Freunde interessieren uns jetzt nicht.«

»Aber, Herr Kommissar, dem Atze ist das echt passiert, der hat fast jeden Abend davon geredet. Ich kannte die Geschichte schon auswendig.«

»Sie meinen, die Geschichte, die Sie uns erzählt haben, haben Sie nicht selbst erlebt, sondern Sie haben nur wiedergegeben, was Sie von einem gewissen Richard Vogelbauer, genannt Atze, gehört haben?«

»Genau.« Klarholz strahlte.

»Und wo finde ich den Herrn Vogelbauer?«

Das Strahlen verschwand. »Zwei Meter unter der Erde. Der ist vor drei Jahren gestorben. Die Leber ist ihm ausgelaufen, da war nix zu machen.«

Stürzenbecher schwieg. »Gut, Herr Klarholz, warten Sie bitte unten!«

»Und was ist mit den hundert Mark?«

»Darüber reden wir später.«

»Aber ...«

»Raus!« Stürzenbecher brüllte nicht, aber der Effekt war ähnlich.

Als Klarholz mit seinem Begleiter verschwunden war, sagte Anke: »Können wir unsere kleine Unterredung jetzt als beendet ansehen?«

»Nicht ganz, Frau Schwelm.« Stürzenbecher hatte sich wieder gefangen. »Ihr Kreuzverhör war überaus beeindruckend. Aber es hat einen kleinen Haken.«

»Und welchen?«, fragte Anke spöttisch.

»Sie waren deswegen so überzeugend, weil Sie *wussten*, dass Klarholz nicht der richtige Mann ist.«

»Bitte?«

»Ja. Sie haben sofort erkannt, dass es sich nicht um Vogelbauer handelt. Und das konnten Sie nur, weil Sie damals dabei waren. Sie waren das Mädchen, Frau Schwelm, Alex van Luyden und Max Mehring die beiden Jungen.«

Anke lachte gekünstelt. »Eine Schwindel erregende Logik, Herr Hauptkommissar. Ich fürchte, damit werden Sie nicht weit kommen.«

Stürzenbecher lächelte. »Wenn der Landstreicher unser einziger Trumpf wäre, hätten Sie vermutlich Recht.«

Das war mein Zeichen. »Es gibt da nämlich noch etwas«, sagte ich. »Max Mehring hat einen Bericht hinterlassen, in dem er die damaligen Ereignisse schildert.« Ich zog das Manuskript aus der Jackentasche. »Seine Darstellung deckt sich auffallend mit dem, was wir eben, wenn auch nur aus zweiter Hand, gehört haben. Und sie geht noch einen Schritt weiter. Mehring beschreibt, wie es zu der Tötung von Meinolf Zwölf kam.« Eine zulässige Lüge, wie ich fand.

Anke streckte ihre Hand aus. »Darf ich den Bericht mal sehen?«

»Nein«, sagte Stürzenbecher.

Ihre Augen blitzten wütend. »Zu dumm, dass Ihre sämtlichen Zeugen tot sind. Hörensagen gilt vor Gericht nicht als Beweis, oder irre ich mich da?«

»Anke«, sagte Alex. Es war das erste Wort, das seit langer Zeit über seine Lippen kam. Es klang müde und deprimiert.

Die Grafentochter wirkte sofort besorgt. »Alex, diese Leute haben nichts gegen uns in der Hand.«

Ich schlug das Manuskript auf. »Falls Sie glauben, dass ich bluffe: *Eines Tages stießen wir im Wald auf zwei Penner, Parias der Leistungsgesellschaft mit ledriger Haut und dem Geruch der Straße in den Kleidern. Über ihrem Lagerfeuer schmorte eine Dose Ravioli in Tomatensoße, die sie sich wohl in Disselburg zusammengebettelt hatten. Zuerst fürchteten die beiden, wir würden sie dem Grafen ausliefern. Wir lachten. ›Sehen wir aus, als würden wir Recht und Ordnung verteidigen? Ihr steht außerhalb der Gesellschaft, okay, wir auch.‹* Und hier: *Wir brachten ihnen kalte Koteletts und gekochte Eier, die wir bei unseren Müttern geklaut hatten.* So weit zu Ihrer Frage, was es zu essen gab.«

Ich hatte den Text leicht abgeändert, um ihn authentischer zu machen, aber Ravioli, Koteletts und Eier kamen auch im Original vor.

Anke zog die Stirn kraus. »So einen Schwulst soll Max geschrieben haben?«

Stürzenbecher schaltete sich ein: »Wäre es nicht das Vernünftigste, ein Geständnis abzulegen? Die Tat fällt ohnehin unter Jugendstrafrecht, da Sie seinerzeit noch nicht volljährig waren.«

»Wir haben nichts zu gestehen«, sagte Anke kategorisch.

In Alex' Gesicht, das noch bleicher war als sonst, zuckten die Muskeln. Er schien mit sich zu kämpfen. Auf jeden Fall war er derjenige von beiden, der als Erster aufgeben würde.

Jetzt kam es darauf an. Ich ergriff wieder die Initiative.

»Alex van Luyden hat bereits ein Geständnis abgelegt, ein bildliches. Er hat die Tötungsszene gemalt.«

Ich ging zu dem Bild, das immer noch mit der Vorderseite an der Wand lehnte, und drehte es um. Die anderen kamen näher.

»Rechts unten«, erklärte ich, als ich in ihre verständnislosen Gesichter blickte.

»Was soll da sein?«, fragte Franka.

Ich schaute selbst hin. Da, wo sich gestern Abend noch drei stilisierte Menschenleiber befunden hatten, wobei das zweite Wesen das erste würgte und das dritte über dem zweiten eine Art Prügel schwang, verschwammen jetzt grüne und orangene Flächen.

»Sie haben es übermalt«, stellte ich verblüfft fest.

Alex schwieg.

»Wir werden das Bild einem Restaurator übergeben, der die oberste Schicht entfernt«, entschied Stürzenbecher.

»Und selbst wenn dort eine Gewaltszene zu sehen ist«, Anke blieb unerschütterlich, »was wollen Sie damit beweisen? Alex malt nicht realistisch. Ich bin gespannt, wie Sie erklären werden, dass ein schwarzer Strich ausgerechnet mich oder den Landstreicher darstellt.«

»Anke ...«, begann Alex wieder.

Die Grafentochter schnitt ihm das Wort ab. »Sie wollen uns anklagen, Alex, hast du das verstanden? Von jetzt ab sagen wir kein Wort mehr ohne unsere Anwälte.«

Alex schüttelte den Kopf. »Es war ein Fehler. Ich wusste es schon, als ich Max geholfen habe, die Knochen wegzubringen.«

»Halt den Mund!«, herrschte ihn Anke an.

Stürzenbecher ging dazwischen: »Lassen Sie ihn reden!«

Alex schien das kaum zu hören. »Ja, ich möchte ein Geständnis ablegen«, sagte er mit leiser Stimme. »Die alte Geschichte hat uns bis heute verfolgt. Sie hat Max getötet und wir sind es ihm schuldig, nicht denselben Fehler zu machen. Die Wahrheit soll endlich ans Licht kommen.«

»Idiot!«, zischte Anke.

»Es hat sich genau so abgespielt, wie der Mann vorhin gesagt hat. Es war Max' Idee, die beiden einzuschließen, aber das spielt keine Rolle. Wir waren einverstanden und deshalb sind wir auch mitschuldig.«

»Was ist geschehen, nachdem der erste Landstreicher den Keller verlassen hatte?«, fragte Stürzenbecher.

»Der zweite, Zwölf hieß er ja wohl, fühlte sich recht wohl im Keller. Er hat sich über die Weinflaschen hergemacht und bald bekamen wir Skrupel, dass der Schaden allzu groß sein würde. Also haben wir versucht, ihn aus dem Keller herauszuholen. Er weigerte sich. Schlimmer noch, in seinem volltrunkenen Zustand stürzte er sich auf mich. Plötzlich lag ich am Boden, seine Hände schnürten mir die Luft ab. Da hat Max mit einer Stange auf ihn eingeschlagen. Zwölf blieb regungslos liegen. Ob er sofort tot war, kann ich nicht sagen. Wir sind einfach nur geflüchtet. Erst einen Tag später fanden Max und ich den Mut nachzusehen. Obwohl wir uns bewaffnet hatten, zitterten wir am ganzen

Körper. Wir wussten ja nicht, ob Zwölf lediglich bewusstlos gewesen war und sich jetzt an uns rächen wollte. Aber er lag genau so da, wie wir ihn zurückgelassen hatten. Max schlug vor, die Leiche einzumauern, er hatte das in einem Film gesehen. Es hätte ja sein können, dass uns jemand zusammen mit den Landstreichern beobachtet hatte und die Polizei auf unsere Spur bringen würde. Die folgenden Stunden und Tage waren schrecklich. Bis dahin hatte ich noch nie einen Toten angefasst. Noch heute verfolgen mich die Bilder in meinen Träumen. Doch irgendwie schafften wir es. Wir bauten die Mauer. Die Leiche verschwand, bis vor kurzem. Anke war übrigens an all dem nicht beteiligt.«

»Wie edel«, murmelte die Grafentochter.

Alex schaute in die Runde. »Vielleicht haben Sie etwas Spektakuläreres erwartet? Im Grunde hat mir Max das Leben gerettet. Es war also kein Mord, sondern Notwehr. Allerdings haben wir die Situation, in der es dazu kam, selbst herbeigeführt. Das ist unsere Schuld, mit der wir leben müssen. Ich glaube nicht, dass sie sich vor Gericht verhandeln lässt.«

»Sollte sich Ihre Geschichte bewahrheiten, sind die meisten Delikte, die man Ihnen vorwerfen kann, tatsächlich verjährt«, stimmte Stürzenbecher zu. »Abgesehen von der Grabschändung vor wenigen Tagen.«

»Und was ist mit dem Mordversuch an Franka und mir?«, polterte ich dazwischen. Die Sache ging mir nun doch zu glatt. »Einer von euch dreien hat an der Lenkung meines Wagens herumgefummelt, so dass ich in die Gräfte gefahren bin. Dafür möchte ich auch ein Geständnis, inklusive einer Entschädigung.«

Alex guckte bestürzt. »Das waren wir nicht, ehrlich. Ich weiß ja nicht einmal, mit welchem Auto Sie gekommen sind.«

»Und ich auch nicht«, knurrte Anke. »Wie käme ich dazu, Sie umbringen zu wollen? Das wäre zu viel der Ehre.«

»Ach, war es also mal wieder Max? Den Toten kann man es ja in die Schuhe schieben.«

»Max war es auch nicht«, sage Alex. »Er hätte es mir bestimmt erzählt. Und außerdem hatte er viel zu wenig Ahnung von Technik.«

XIV

Erneut bestaunte ich die extreme Wandlungsfähigkeit seines Gesichtes. In der einen Sekunde guckte der Graf todtraurig, in der nächsten blinzelte er ironisch.

Bei unserem Abschied wusste er wohl selbst nicht, was er empfand. Einerseits war er froh, dass die verworrene Geschichte nun endlich aufgeklärt war, andererseits bestürzt, dass sich seine eigene Tochter als eine der Beteiligten erwiesen hatte.

Aber er wäre nicht der Graf zu Schwelm-Legden gewesen, amtierendes Oberhaupt einer jahrhundertealten Adelsfamilie, wenn er nicht auch in diesem Moment Haltung bewiesen hätte. Er bedankte sich aufrichtig für meine Arbeit, versprach die baldige Begleichung meiner Rechnung, erkundigte sich einfühlsam nach dem Schicksal meines Autos und rief, als ich ihm sagte, dass wir mit dem Zug nach Münster zurückreisen würden, sofort einen Gärtner herbei, der uns zum Bahnhof fahren sollte.

Als wir über die Zugbrücke rollten, drehte ich mich noch einmal um. Die imposanten Mauern des Wasserschlosses spiegelten sich auf der glatten Oberfläche des künstlichen Sees. Eine unwirkliche Schönheit. Ein Stück aus der Vergangenheit, als wäre es für Disneyland konzipiert, nur ohne menschengroße Mäuse und Hamburger-Buden.

»Möchtest du da wohnen?«, fragte Franka.

»Nein. Ich bleibe lieber in Münster. Da sind die Keller zu klein, um Leichen einzumauern.«

Stürzenbecher war schon vor Stunden mit Alex van Luyden und Anke Schwelm nach Münster gefahren. Sobald sie die Protokolle ihrer Aussagen unterschrieben hatten, würden sie nach Disselburg zurückfahren dürfen. Es gab keinen Grund, die beiden länger festzuhalten. Fast alles war aufgeklärt.

Fast alles.

Ich schaute nach vorn. Der wortkarge Gärtner lenkte den Wagen über die Stadtgrenze von Disselburg.

»Ach, Entschuldigung«, sagte ich. »Wäre es möglich, einen kleinen Umweg zu machen?«

Er nickte stumm.

Ich gab ihm die Adresse von Christine Schmidt.

Christine Schmidt hatte ihre Tochter auf dem Schoß und kämmte die Haare der Kleinen.

»Wie geht es dir?«, fragte ich.

»So langsam geht's wieder aufwärts. Die Sache mit Max war ein Schock, von dem ich mich erst mal erholen muss. Ich bin für eine Woche krankgeschrieben. Ich hoffe, dann funktioniere ich wieder ganz normal ...«, sie deutete ein Lächeln an, »... als Kinderschreck in der Schule.«

»Ich wollte mich verabschieden.«

»Ja.« Sie schien nicht enttäuscht. »Dann sehen wir uns wohl nicht wieder.«

»Nein, das glaube ich nicht.«

Sie kämmte weiter an der Frisur, die schon recht ordentlich aussah, und wartete darauf, dass ich ging.

»Wo hast du eigentlich gelernt, an Autos herumzuschrauben? Gibt's hier eine Volkshochschule, die Kurse *Autoreparieren für Frauen* anbietet? Oder hast du einen guten Freund geschickt, der in einer Autowerkstatt arbeitet?«

Sie schaute auf. »Wovon redest du?«

»Davon, dass du dafür verantwortlich bist, dass ich in die Gräfte gefahren bin.«

Sie kitzelte ihre Tochter am Bauch, was dieser einen glücklichen Kiekser entlockte.

»Bislang habe ich der Polizei nichts von meinem Verdacht erzählt. Wenn sie dir die Tat nachweist, bist du deinen Job in der Schule los, inklusive der Beamtenpension.«

»Bah!«, sagte die Tochter. Ihre Mutter schwieg.

»Ich könnte auch weiter den Mund halten, unter einer Bedingung.«

»Unter welcher?«

»Du ersetzt mein Auto, Ratenzahlung ist möglich.«

»Es war blöd von mir. Ich wollte dir eine Lektion erteilen. Aber wenn ich gewusst hätte, dass es so gefährlich wird, hätte ich das nie gemacht.«

Ich hatte nicht die geringste Lust, über ihre Motive zu diskutieren. Ich wollte nur so schnell wie möglich eine schriftliche Vereinbarung aufsetzen und verschwinden.

»Was hast du so lange bei Christine Schmidt gemacht?«, fragte Franka. »Ich dachte, die Frau hasst dich.«

Wir saßen in dem Regionalzug nach Münster, der rüttelnd und stampfend Fahrt aufnahm.

»Eine finanzielle Angelegenheit geregelt.«

In der Ferne blitzten die graugrünen Dächer von Schloss Disselburg wie der Schuppenpanzer eines Drachen durch das Blättermeer. Ich schaute weiter nach draußen, damit Franka mein abwesendes Lächeln nicht sah. Heitere Gelassenheit war eine Stimmung, die ich auch deswegen so genoss, weil sie mit zunehmendem Alter immer seltener auftrat.

Wilsberg-Krimis von Jürgen Kehrer

Und die Toten läßt man ruhen
Der erste Wilsberg-Krimi – Vom ZDF verfilmt
ISBN 3-89425-006-2
»Dramaturgisch perfekt bis aufs I-Tüpfelchen« (Leo's Magazin)

In alter Freundschaft
Der zweite Wilsberg-Krimi – Vom ZDF verfilmt
ISBN 3-89425-020-8
Eine minderjährige Ausreißer-Punkie und ein bestohlener Disco-Chef

Gottesgemüse
Der dritte Wilsberg-Krimi ISBN 3-89425-026-7
Wilsberg erlebt den Psychoterror einer fanatischen Sekte.

Kein Fall für Wilsberg
Der vierte Wilsberg-Krimi ISBN 3-89425-039-9
Dubiose Waffengeschäfte und ein Firmenchef mit Doppelleben

Wilsberg und die Wiedertäufer
Der fünfte Wilsberg-Krimi ISBN 3-89425-047-X
»Kommando Jan van Leiden« fordert vom Bischof eine halbe Million.

Schuß und Gegenschuß
Der sechste Wilsberg-Krimi ISBN 3-89425-051-8
Wilsberg im Reality-TV. Nach Drehbeginn kommt es zu schweren Unfällen.

Bären und Bullen
Der siebte Wilsberg-Krimi ISBN 3-89425-065-8
Wilsberg soll Entführung aufklären – was verschweigt Willi?

Das Kappenstein-Projekt
Der achte Wilsberg-Krimi – Vom ZDF verfilmt
ISBN 3-89425-073-9
Wilsberg als Leibwächter der grünen Stadtkämmerin

Das Schapdetten-Virus
Der neunte Wilsberg-Krimi ISBN 3-89425-205-7
Wilsberg bewacht 100 Affen für medizinische Experimente.

Irgendwo da draußen
Der zehnte Wilsberg-Krimi ISBN 3-89425-208-1
Trieben Außerirdische die junge Corinna in den Tod?

Der Minister und das Mädchen
Der elfte Wilsberg-Krimi – Vom ZDF verfilmt
ISBN 3-89425-216-2
Ist der Sohn des Ministers in spe ein Vergewaltiger?

Wilsberg und die Schloss-Vandalen
Der zwölfte Wilsberg-Krimi ISBN 3-89425-237-5
Wer bedroht Schloss Isselburg? Wilsberg stößt auf die Leiche im Keller.

Wilsberg isst vietnamesisch
Der dreizehnte Wilsberg-Krimi ISBN 3-89425-262-6
Rätselhafte Mordserie in einem beschaulichen Stadtteil.

Wilsberg und der tote Professor
Der vierzehnte Wilsberg-Krimi ISBN 3-89425-272-3
Wilsberg stößt an der Uni auf ein Geflecht von Intrigen.